मैनेजर पाण्डेय

मैनेजर पाण्डेय का जन्म 23 सितम्बर, 1941 को बिहार प्रान्त के वर्तमान गोपालगंज जनपद के गाँव 'लोहटी' में हुआ। उनकी आरम्भिक शिक्षा गाँव में तथा उच्च शिक्षा काशी हिन्दू विश्वविद्यालय में हुई, जहाँ से उन्होंने एम.ए. और पीएच.डी. की उपाधियाँ प्राप्त कीं। पाण्डेय जी गत साढ़े तीन दशकों से हिन्दी आचोलना में सक्रिय हैं। उनकी अब तक प्रकाशित पुस्तकें हैं : *शब्द और कर्म, साहित्य और इतिहास-दृष्टि, साहित्य के समाजशास्त्र की भूमिका, भक्ति आन्दोलन और सूरदास का काव्य, अनभै साँचा, आलोचना की सामाजिकता, संकट के बावजूद* (अनुवाद, चयन और सम्पादन), *देश की बात* (सखाराम गणेश देउस्कर की प्रसिद्ध बांग्ला पुस्तक *देशेर कथा* के हिन्दी अनुवाद की लम्बी भूमिका के साथ प्रस्तुति), *मुक्ति की पुकार* (सम्पादन), *सीवान की कविता* (सम्पादन)। पाण्डेय जी के साक्षात्कारों के भी दो संग्रह प्रकाशित हैं : *मेरे साक्षात्कार* और *मैं भी मुँह में ज़बान रखता हूँ।* आलोचनात्मक लेखन के लिए कई पुरस्कारों से सम्मानित, जिनमें प्रमुख हैं : हिन्दी अकादमी द्वारा दिल्ली का *साहित्यकार सम्मान*; *राष्ट्रीय दिनकर सम्मान*; रामचन्द्र शुक्ल शोध संस्थान, वाराणसी का *गोकुल चन्द्र शुक्ल पुरस्कार* और दक्षिण भारत प्रचार सभा का *सुब्रह्मण्यम भारती सम्मान*। मैनेजर पाण्डेय ने हिन्दी में एक ओर 'साहित्य और इतिहास-दृष्टि' के माध्यम से साहित्य के बोध, विश्लेषण तथा मूल्यांकन की ऐतिहासिक दृष्टि का विकास किया है तो दूसरी ओर *साहित्य के समाजशास्त्र* के रूप में हिन्दी में साहित्य की समाजशास्त्रीय दृष्टि के विकास की राह बनाई है। अपने आलोचना-कर्म में वे परम्परा के विश्लेषणपरक पुनर्मूल्यांकन के भी पक्षधर रहे हैं। उन्होंने भक्त कवि सूरदास के साहित्य की समकालीन सन्दर्भों में व्याख्या कर भक्तियुगीन काव्य की प्रचलित धारणा से अलग एक सर्वथा नई तर्काश्रित प्रासंगिकता सिद्ध की है। पिछले कुछ वर्षों में हिन्दी में दलित साहित्य और स्त्री-स्वतंत्रता के समकालीन प्रश्नों पर जो बहसें हुई हैं, उनमें पाण्डेय जी की अग्रणी भूमिका को बार-बार रेखांकित किया गया है। जीविका के लिए अध्यापन का मार्ग चुननेवाले मैनेजर पाण्डेय जवाहरलाल नेहरू विश्वविद्यालय के भाषा संस्थान के भारतीय भाषा केन्द्र में हिन्दी के प्रोफेसर पद से सेवानिवृत्त हुए। इसके पूर्व बरेली कॉलेज, बरेली और जोधपुर विश्वविद्यालय में भी प्राध्यापक रहे।

मुग़ल बादशाहों की हिन्दी कविता

संकलन एवं सम्पादन
मैनेजर पाण्डेय

राजकमल पेपरबैक्स

राजकमल पेपरबैक्स में
पहला संस्करण : 2016
दूसरा संस्करण : 2020

राजकमल पेपरबैक्स : उत्कृष्ट साहित्य के जनसुलभ संस्करण

राजकमल प्रकाशन प्रा.लि.
1-बी, नेताजी सुभाष मार्ग, दरियागंज
नई दिल्ली-110 002
द्वारा प्रकाशित

शाखाएँ : अशोक राजपथ, साइंस कॉलेज के सामने, पटना-800 006
पहली मंजिल, दरबारी बिल्डिंग, महात्मा गांधी मार्ग, इलाहाबाद-211 001
36 ए, शेक्सपियर सरणी, कोलकाता-700 017

वेबसाइट : www.rajkamalprakashan.com
ई-मेल : info@rajkamalprakashan.com

यश प्रिंटोग्राफिक्स
नोएडा-201 301 (उत्तर प्रदेश)
द्वारा मुद्रित

मूल्य : ₹150

MUGHAL BADSHAHON KI HINDI KAVITA
compilation and editing by Manager Pandey

ISBN : 978-81-267-2945-6

पंडित चन्द्रबली पांडे की स्मृति को
सादर समर्पित

मुग़ल बादशाहों की हिन्दी कविता

अनुक्रम

भूमिका

[i]

भारतीय मुग़ल राजवंश और कविता

भारतीय मुग़ल राजवंश के बादशाहों और उनके परिवार के सदस्यों के जीवन में कविता हमेशा मौजूद रही है। यहाँ तक कि उनके बारे में जो इतिहास-लेखन हुआ है उसमें भी कविता मिलती है। भारत में मुग़ल राजवंश का संस्थापक बाबर था। वह चागताई तुर्की और फ़ारसी में कविता लिखता था। उसकी तुर्की कविता का दीवान रामपुर की रज़ा लाइब्रेरी में मौजूद है।[1] तुर्की में लिखी हुई बाबर की आत्मकथा *बाबरनामा* में भी जगह-जगह कविताएँ हैं। बाबर फ़ारसी में भी कविता लिखता था। प्रोफ़ेसर हादी हसन के अनुसार बाबर की फ़ारसी में लिखी उन्नीस कविताएँ हैं। वह ग़ज़लें लिखता था और रुबाइयाँ भी। बाबर की कविताओं के बारे में एक लेख *कृति-रक्षण* नाम की पत्रिका में एस.एम. अजीजुद्दीन हुसैन ने लिखा है।[2]

बाबर के परिवार की स्त्रियाँ भी फ़ारसी में कविताएँ लिखती थीं। जेबुन्निसाँ की जीवनी लेखिका फ्रांसिसी महिला एनी क्रेगर क्राइनिकी ने लिखा है कि बाबर की बेटी गुलबदन बेगम और नातिन सलीमा सुल्ताना फ़ारसी में कविताएँ लिखती थीं।[3]

बाबर के बेटे हुमायूँ की लिखी किसी कविता की कोई जानकारी नहीं मिलती है। लेकिन वह कविता का प्रेमी था, इस बात के दो सबूत हैं। एक तो उसके दरबार में फ़ारसी के कुछ ऐसे कवि थे जो हिन्दी में गीतों की रचना करते थे। वे थे अब्दुल वाहिब बिलग्रामी और शेख गदाई देहलवी।[4] दूसरे हुमायूँ के शासन का इतिहास लिखने वाले ख्वुंद मीर की किताब *कानून-ए-हुमायूँनी* में जगह-जगह कविताएँ दी गई हैं। अगर हुमायूँ कविता प्रेमी नहीं होता तो उसके शासन के इतिहास में कविताएँ नहीं होती।

अकबर केवल कविता का प्रेमी ही नहीं था, वह स्वयं कवि भी था। *अकबर के जीवन की कुछ घटनाएँ* किताब के सम्पादक शीरीं मूसवी ने *कवि तथा आलोचक* शीर्षक के अन्तर्गत *अकबरनामा खंड-1* से यह उद्धरण दिया है :

''बादशाह सलामत का स्वभाव बड़ा प्रेरणामय है और वे हिन्दी तथा फ़ारसी में

कविताएँ भी लिखते हैं। वह बहुधा काव्यालोचन के गम्भीर विषयों पर भी चर्चा करते हैं। काव्य पुस्तकों में वे रूमी की मसनवी तथा हाफिज़ के दीवान के अंश मुँह जबानी सुनाते हैं तथा उनकी विविधता एवं सुन्दरता की व्याख्या भी करते हैं। निम्नलिखित काव्यांश बादशाह की योग्यता का परिचय देता है :

मजनूँ के गले में ये पागल-पन की जंजीर नहीं है,
यह स्नेह का हाथ है जिसे प्रेम ने उसके गले पर रखा है।

हिन्दी में भी उन्होंने कविताएँ बहुरंगी अनोखे ढंग की लिखी हैं जो काव्य कला की बेजोड़ उदाहरण हैं।''[5]

उसी किताब में जहाँगीर के संस्मरण से यह अंश उद्धृत है, ''उनकी गद्य तथा पद्य दोनों में बड़ी गति थी इसलिए उनके निरक्षर होने की बात भी कल्पना से बाहर थी।''[6]

अकबर ने हिन्दी में भी कविताएँ लिखी थीं, यह बात हिन्दी साहित्य के अनेक इतिहासों में लिखी गई है। *संगीत रागकल्पद्रुम* में अकबर की हिन्दी कविताएँ मौजूद हैं। उनकी फ़ारसी कविता के दो उदाहरण राहुल सांकृत्यायन की किताब *अकबर* में दिए गए हैं।[7] अकबर का बेटा दानियाल भी हिन्दी में कविता लिखता था।[8] अकबर के समय से मुग़ल शहजादों और शहजादियों को चार भाषाओं की शिक्षा दी जाती थी। वे भाषाएँ थीं—तुर्की (मुग़लों की मातृभाषा), अरबी (धर्म की भाषा), फ़ारसी (राजकाज की भाषा) और ब्रज (स्थानीय बोलचाल की भाषा)।

जहाँगीर हिन्दी और फ़ारसी दोनों भाषाओं में कविता लिखता था। ए.के. क्राइनिकी ने लिखा है कि नूरजहाँ फ़ारसी में कविताएँ लिखकर जहाँगीर के पास भेजती थी, जिसका वह फ़ारसी कविता में ही जवाब देता था।[9] नूरजहाँ 'मकफी' उपनाम से फ़ारसी में कविता लिखती थी। बाद में औरंगजेब की बेटी जेबुन्निसाँ ने भी मकफी तखल्लुस से ही फ़ारसी में कविता लिखी। प्रोफ़ेसर हरबंस मुखिया ने नूरजहाँ की एक फ़ारसी कविता का अनुवाद अपनी किताब *भारतीय मुग़ल* में दिया है, जो नूरजहाँ की कब्र पर उत्कीर्ण है। वह कविता यह है :

बर मज़ारे मा ग़रीबाँ ने चराग़े ने गुले,
ने परे परवाना सोज़द, ने सदा-ए-बुलबुले।

''हम गरीबों की मज़ार पर न कोई चराग़ जलता है न गुलाब खिलता है
न कोई परवाना आकर अपने पर जलाता है न बुलबुल सदा देती है।''[10]

जहाँगीर की हिन्दी कविताएँ *संगीत रागकल्पद्रुम* में हैं।

शाहजहाँ अन्य कलाओं के साथ ही कविता का भी प्रेमी था। ए.के. क्राइनिकी ने लिखा है कि कविता शाहजहाँ के दरबार की भाषा बन गई थी। बादशाह दरबार में कविता में बातें करता था, आम जनता से और अपने दरबारियों से भी, और दूसरे लोग

भी कविता में जवाब देते थे।[11] शाहजहाँ का बड़ा बेटा दाराशिकोह फ़ारसी का कुशल कवि था, वह कादरी तखल्लुस से फ़ारसी में कविता लिखता था। उसकी फ़ारसी शायरी की तारीफ अनेक विद्वानों ने की है। उसकी फ़ारसी शायरी का दीवान लम्बे समय तक खोए रहने के बाद मिल गया है।[12] दाराशिकोह के दीवान में ग़ज़लें और 28 रुबाइयाँ हैं। दाराशिकोह हिन्दी में कविता लिखता था। उसकी हिन्दी कविता की दो किताबों का उल्लेख मिलता है। वे किताबें हैं— *दोहास्तव* और *सार संग्रह*। लेकिन अब तक वे किताबें या पांडुलिपि नहीं मिली हैं।[13] शाहजहाँ की बड़ी बेटी जहाँआरा भी फ़ारसी में कविता लिखती थी। उसकी कब्र पर उसी की फ़ारसी में लिखी कविता की दो पंक्तियाँ उत्कीर्ण हैं, उनका जैसा-तैसा हिन्दी अनुवाद यह है :

घास सबसे अच्छी चादर है
एक गरीब की कब्र के लिए।[14]

शाहजहाँ के दरबार में कवियों की संख्या बहुत थी। उनमें अनेक फ़ारसी, संस्कृत और हिन्दी के कवि थे। फ़ारसी तो शासन, ज्ञान और कविता की भाषा ही थी। शाहजहाँ के दरबार में संस्कृत के दो कवि थे, पंडितराज जगन्नाथ और कविन्द्राचार्य सरस्वती। दाराशिकोह भी फ़ारसी के साथ संस्कृत का जानकार था। उसने अपनी फ़ारसी किताब *मज्म-उल-बहरैन* का *समुद्र संगम* नाम से संस्कृत में अनुवाद किया। यही नहीं उसने 52 उपनिषदों का फ़ारसी में अनुवाद किया था और *सिर्रे अकबर* नाम से उनका संकलन किया था।

औरंगजेब के दरबार में फ़ारसी और हिन्दी कविता के लिए पर्याप्त जगह थी और इज्जत भी। औरंगजेब फ़ारसी कविता पसन्द करता था, लेकिन उस कविता को जिसमें इश्क हकीकी हो, इश्क मजाजी नहीं। वह प्रायः फ़ारसी के कवि जलालुद्दीन रूमी की कविताएँ उद्धृत करता था, लोकप्रिय कवि हाफिज की नहीं।[15] उसके दरबार में कुछ ऐसे कवि थे जो फ़ारसी और हिन्दी दोनों भाषाओं में कविता लिखते थे। ऐसे एक कवि थे मीरजा रौशन जमीर नेही। वे ईरान से आए थे। वे जब फ़ारसी में शायरी करते थे तब अपना तखल्लुस जमीर रखते थे और जब हिन्दी में कविता लिखते थे तब नेही उपनाम रखते थे। उस समय के एक विशेषज्ञ काफी खाँ के अनुसार, फ़ारसी और हिन्दी में उनकी कविता लिखने की योग्यता को देखते हुए उन्हें दूसरा अमीर खुसरो कहा जा सकता है।[16]

औरंगजेब के बेटों और बेटियों की भी शायरी मिलती है। औरंगजेब के बेटे आजम शाह की हिन्दी कविताएँ *संगीत रागकल्पद्रुम* में हैं। उनके दूसरे बेटे मौजम शाह की भी हिन्दी कविताएँ मिलती हैं। उनकी बेटी जेबुन्निसाँ फ़ारसी की बड़ी शायरा थी। उसकी मृत्यु के लगभग आधी सदी बाद सन् 1752 ईस्वी में उसकी फ़ारसी कविताओं का दीवान छपा, जिसका नाम है— *मकफी का दीवान*।[17] फ़ारसी के अनेक विशेषज्ञों

ने जेबुन्निसाँ की कविताओं की तारीफ़ की है। फ़ारसी के अनेक कवि जेबुन्निसाँ के दरबार में रहते थे। जेबुन्निसाँ हिन्दी की प्रसिद्ध कवयित्री मीराबाई की कविता से प्रभावित थी।[18] शैलेश जैदी ने भी यह लिखा है कि वह हिन्दी में भी कविता लिखती थी।[19] लेकिन उसकी कोई हिन्दी कविता देखने में नहीं आई है।

औरंगजेब की मौत के बाद जिस तरह मुग़ल राजशाही का विघटन और बिखराव हुआ और बाद में जिस तरह बादशाह बनाए और हटाए जाते रहे उस माहौल में मुग़ल बादशाहों को अपनी ज़िन्दगी की चिन्ता अधिक रहती थी, ऐसी स्थिति में कविता की चिन्ता करने की फुर्सत और सुविधा कहाँ हो सकती थी। औरंगजेब के बाद कुछ ही बादशाहों को लम्बे समय तक बादशाह बने रहने का मौका मिला। ऐसे बादशाहों में एक थे मुहम्मद शाह जो सन् 1719 से 1748 तक बादशाह रहे, दूसरे थे शाह आलम जो सन् 1759 से 1806 तक बादशाह थे और तीसरे थे बहादुरशाह ज़फ़र जो 1837 से सन् 1857 तक बादशाह थे।

मुहम्मदशाह की बहुत सी हिन्दी कविताएँ *संगीत रागकल्पद्रुम* में हैं। उनकी फ़ारसी कविता की कोई जानकारी मुझे नहीं है। मुहम्मद शाह के समय में ही मुग़ल दरबार में फ़ारसी का प्रभाव घटा और उसकी जगह उर्दू शायरी आ गई। उसी समय वली दिल्ली आए और उर्दू शायरी की राह बनाई। इस बात की गवाही उनका यह शेर देता है :

दिल वली का ले लिया दिल्ली ने छीन
जा कहो कोई मोहम्मदशाह से।[20]

शाह आलम 1759 से 1806 ईस्वी तक बादशाह रहे। उन्होंने फ़ारसी, उर्दू और हिन्दी में कविताएँ लिखी हैं। उनकी कविताओं का संग्रह *नादिराते शाही* उन्हीं की इच्छा और हुक्म से 1797 ईस्वी में पहली बार छपा। बाद में 1944 ईस्वी में दूसरी बार और 2006 ईस्वी में तीसरी बार छपा है। भाषा की अनेकता के साथ कविता के रूपों, भावों और विषयों की विविधता की दृष्टि से *नादिराते शाही* की हिन्दी कविताएँ बहुत महत्त्वपूर्ण हैं। शाह आलम फ़ारसी और उर्दू में *आफ़ताब* और हिन्दी में शाह आलम के नाम से कविता लिखते थे।

अन्तिम मुग़ल बादशाह बहादुरशाह ज़फ़र थे। उनकी हिन्दी कविताएँ संगीत *रागकल्पद्रुम* में हैं। लेकिन वे उर्दू में ज़फ़र तखल्लुस के साथ जो शायरी करते थे उसी के लिए खास तौर से जाने जाते हैं। उनके दरबार में उर्दू के जौक और ग़ालिब जैसे शायर थे। ज़फ़र की शायरी में उनकी ज़िन्दगी के हालात और उनके दौर की उथल-पुथल की मार्मिक अभिव्यक्ति है। शायर के रूप में ज़फ़र के आत्मविश्वास का सबूत यह शेर है :

ऐ 'ज़फ़र' एक है तू फने सुखन में उस्ताद
क्यों न कायल हो तेरे नासिख और आतिश दोनों।[21]

[ii]

भारतीय मुग़ल दरबार में हिन्दी कविता

भारतीय समाज के इतिहास का जो मुग़लकाल है वह हिन्दी साहित्य के इतिहास का भक्तिकाल और रीतिकाल है। भक्तिकाल का कोई भी कवि किसी दरबार का कवि नहीं था, लेकिन रीतिकाल के लगभग सभी कवि किसी न किसी दरबार में कवि थे। इसीलिए मुग़ल दरबार में हिन्दी कविता की खोज का अर्थ है मुग़ल-दरबार से रीतिकाल के कवियों के सम्बन्ध की खोज।

बाबर जब भारत का बादशाह बना तभी से मुग़ल-दरबार में हिन्दी कविता की मौजूदगी के प्रमाण मिलते हैं। चन्द्रबली पांडे ने बाबर के दरबार में एक दोहा सुनाए जाने का उल्लेख किया है।[22] दोहा यह था :

नौ सौ ऊपर था बतीसा, पानीपत में भारत दीसा।
अठई रज्जब सुक्करवारा, बाबर जीता वराहीम हारा॥

बाबर यह दोहा शायद ही समझ पाया होगा; क्योंकि उसने स्वयं लिखा है कि "न हम यहाँ की बोली समझ सकते हैं और न यहाँ वाले हमारी जबान जानते हैं।"[23] लेकिन बादशाह रहते हुए उसने स्थानीय बोली सीखने और समझने की कोशिश की, जिसका सबूत यह है कि उसके तुर्की कविता के दीवान में एक ऐसा शेर है जिसमें दो शब्द हिन्दी के हैं। वह शेर है :

मुज-का न हुआ कूज हवस-ए-मानक़-ओ-मोती
फ़ुक़रा हालीन बस बुल्गुसिदुर पानी-ओ-रोती ॥[24]

अर्थात मुझे माणिक और मोतियों की हवस (इच्छा) नहीं है। गरीब स्थिति के लोगों के लिए पानी और रोटी ही काफ़ी है। इस शेर में पानी और रोती (रोटी) शब्द हिन्दी के हैं।

हुमायूँ का सारा समय अपनी बादशाही बचाने और पाने की लड़ाई में बीता। फिर भी उसको शासन करने का जो समय मिला उसमें उसने हिन्दी के कवि और उनकी कविता को प्रश्रय दिया। उसके दरबार में दो ऐसे कवि थे जो फ़ारसी और हिन्दी दोनों भाषाओं में कविता लिखते थे। उनके नाम हैं—शेख अब्दुल वाहिब बिलग्रामी और शेख गदाई दहलवी।[25] हुमायूँ के दरबार में छेम नाम का एक हिन्दी कवि भी था।[26]

एलीसन बुश ने अपनी किताब *पोएट्री आफ किंग्स* में मुग़ल-दरबारों से जुड़े रीतिकाल के कवियों का विस्तृत विवेचन किया है। उनके अनुसार शेरशाह सूरी के वंशज इसलाम शाह के दरबार में हिन्दी कविता का स्वागत होता था। उनके दरबार में अवधी के कवि मंझन थे और ब्रजभाषा के कवि नरहरि भी, जो बाद में अकबर के दरबार में दाखिल हुए।[27]

अकबर अनेक कलाओं का संरक्षक था। उन कलाओं में संगीत, चित्रकला और कविता विशेष रूप में उल्लेखनीय हैं। अकबरी दरबार में ध्रुपद और विष्णुपद का उल्लेख *आइने अकबरी* में है। अकबर के दरबार के लगभग सभी नवरत्न हिन्दी के कवि थे। उनमें अब्दुल रहीम खानखाना के साथ तानसेन, बीरबल, टोडरमल और फैजी हिन्दी में कविता लिखते थे। मिश्रबन्धु विनोद के अनुसार जेतराम नाम के एक कवि अकबरी दरबार में थे।[28] अकबरी दरबार के एक और रीति-कवि कर्णेस और दूसरे मनोहर कछवाहा थे।[29] अकबरी दरबार में एक अन्य हिन्दी कवि शेख शाह मुहम्मद फरमली थे, जिनकी रचना है *सिंगार सतक*।[30] अकबर के दरबार के एक चर्चित कवि हैं गंग, जिनकी अनेक कविताएँ मिलती हैं। अकबर की हिन्दी कविताएँ *संगीत रागकल्पद्रुम* में हैं।

अकबरी दरबार के हिन्दी कवियों में श्रेष्ठ हैं—रहीम खानखाना। रहीम तुर्की, फ़ारसी, संस्कृत, ब्रजभाषा और अवधी के जानकार थे। उन्होंने ब्रजभाषा और अवधी में कविताएँ लिखी हैं। उनकी कविताओं में खड़ी बोली के भी प्रयोग मिलते हैं। रहीम केवल अकबरी दरबार के कवि नहीं थे उनका अपना भी कवि दरबार है। वे मुग़लकाल के प्रमुख सांस्कृतिक व्यक्ति थे। उनके बारे में उसी काल के हिन्दी के एक कवि की यह कविता पठनीय है :

सेर सम सील सम धीरज सुमेर सम
सेर सम साहेब जमाल सरसाना था।
करन कुबेर कलि कीरति कमाल करि
तालेबंद मरद दरदमंद दाना था।
दरबार दरस परम दरबेसन को
तालिब तलब कुल आलम बखाना था।
गाहक गुनी के सुखचाहक दुनी के बीच
'संत कवि' दान को खजाना खानखाना था॥[31]

जहाँगीर अपने पिता की तरह ही कविता का प्रेमी था। उसके बारे में सूफी कवि उस्मान की यह कविता ध्यान देने लायक है :

विधिना सौं जाँचै जगत, पुहमी धरे लिलाट।
जौलहु धरती सरग दोउ, रहै छात औ पाट॥
तहाँ बैठि पुहुमी पति भारी, देइ दान कर बार उघारी।
एकहि बेर एक कहँ देई, दूसरि बेरि न कोऊ लेई॥
पिरथी बली होत जो आजू, माँगत देखि दान कर साजू।
बादि मरजिआ समुंद धसाई, वाहिहि लोग रतनगिरि जाई॥

बादि सुमेरु लागि जग धावै, कस न बार जहँगीर के आवै।
देइ रतन जत मनसा होई, सोन रूप कहँ बरज न कोई॥
महूँ सुना कि अनेक भिखारी, कीन्हें साह नेवाजि हजारी।
आएउँ सोई बार सुनि, लिये गरीबी साज।
कहा जो माँगु गरीब ह, साह गरीब नेवाज॥[32]

जहाँगीर ने अपनी आत्मकथा में लिखा है कि एक हिन्दी कवि की कविता सुनकर वह बहुत प्रसन्न हुआ। उसने अपनी आत्मकथा में उस हिन्दी कविता की तारीफ़ की है। उसने यह भी लिखा है कि उसने कवि को एक हाथी दिया। वह हिन्दी कविता की बारीकियों को समझता था।[33] जहाँगीर की लिखी हिन्दी कविताएँ *संगीत रागकल्पद्रुम* में हैं।

शाहजहाँ जितना स्थापत्य का प्रेमी था उतना ही संगीत और कविता का। उसके दरबार में तानसेन के पुत्र विलास के दामाद लाल खाँ और लाल खाँ के पुत्र खुशहाल द्रुपद गायिकी की परम्परा को कायम किए हुए थे।[34] *बादशाहनामा* में हरिनाथ नाम के एक कवि का उल्लेख है जो कवि नरहरि का पुत्र था। शाहजहाँ के दरबार में हिन्दी के एक जानेमाने कवि सुन्दर थे, जिन्होंने शाहजहाँ की प्रशस्ति में यह कविता लिखी है :

नगर आगरा बसत है, जमुना तट सुभ थान।
तहाँ बादशाही करै, बैठो साहजहान॥
साह बड़ो, कवि मुख तनिक, क्यों गुन बरने जाहिं।
ज्यों तारे सब गगन के मूठी में न समाहिं॥
इक छिन के गुन साह के, बरनत सब संसार।
जीभ थके बीतैं बरख, तऊ न पावै पार॥
तीन पहर लौं रवि चलै, जाके देसन माहिं।
जीत लई जगती इती, साहजहाँ नरनाहिं॥
कुल समुद्र खाई कियो, कोट तीर को ठाँव।
आठों दिसि यों बस करी, ज्यों कीजै इक गाँव॥
साहजहाँ तेहि गुनिन कौं, दीन्हे अगिनत दान।
तिन में सुन्दर सुकवि को, बहुत कियो सनमान॥
नग भूखन मनसब दिए, हय हाथी सिरपाय।
प्रथम दियो कविराय पद, बहुरि महाकविराय॥
विप्र ग्वारियर नगर को, बासी है कविराज।
जासों साह मया करी, बड़ो गरीब नेवाज॥[35]

शाहजहाँ के दरबार में एक संस्कृतज्ञ कविन्द्राचार्य सरस्वती थे, जो ब्रजभाषा

में भी कविता लिखते थे। उनकी ब्रजभाषा कविता की पुस्तक का नाम है, *कवीन्द्रकल्पलता,* जो राजस्थान पुरातत्त्वान्वेषण मन्दिर, जयपुर से 1958 ईस्वी में छपी थी। इसमें लगभग 163 छन्दों में शाहजहाँ की प्रशंसा है। प्रमाण के लिए एक छन्द यह है :

सवैया

दारिद षंडन वैरी विहंडन, साहिजहाँ सुजसै सरसावैं।
ज्यों मघवा जलकों वरिसावत, त्यों नित ही मुहरैं वरसावै॥
भारथमें पुरषारथ पारथ, तेज दिनेस जगै दरसावै।
चंड अषंड प्रताप तपैं, वर वैरिनिकी वनिता तरसावैं॥
साहिजहान जहानके साहि, भुवप्पति भाट भए गुन गावै।
वार न लागति वारन पावत, जे कवि चारन वार न आवै॥
देस विदेस वजार वजार, हजारह जार हजार गनावैं।
लाषनि नषनि लाषनि देत, करोर करोर करोरनि पावैं॥[36]

कवीन्द्रकल्पलता में शाहजहाँ के बाद 29 छन्दों में दाराशिकोह की तारीफ़ है। दाराशिकोह से सम्बन्धित एक छन्द यह है :

तरु लता नरनारी तनमन फूलत हैं,
लाल चित चोंप कोंप पतझार मानिये।
आम आम बास मोले सु नजरि हींते होत,
अनुराग रम्यो बाग जगु पहिचानिए॥
ज्ञानकी सुवास लेत ज्ञानी भोर मश्र होत,
जस गावें गायनते कोइल वषानियें।
और साहिजादे दूरि पातसे उड़े फिरत,
दारासाहि साहि वसत रितु जानियें॥[37]

इसी पुस्तक के दो छन्दों में मुराद की भी प्रशंसा की गई है। शाहजहाँ स्वयं हिन्दी के कवि थे। उनकी हिन्दी कविताएँ *संगीत रागकल्पद्रुम* में हैं।

औरंगजेब के बारे में एक आम राय है कि वह हिन्दू विरोधी था, इसलिए यह भी मान लिया जाता है कि वह हिन्दी का भी विरोधी था। इस प्रसंग में चार बातों पर ध्यान देना जरूरी है। पहली बात यह कि मुग़लकाल में हिन्दू और मुसलमान दोनों ही ब्रजभाषा और अवधी में कविताएँ लिखते थे। इस तथ्य से औरंगजेब परिचित था। दूसरी बात यह कि अकबर के समय से मुग़ल दरबार में ब्रजभाषा की जो जगह और इज्जत थी उससे भी औरंगजेब वाकिफ था। तीसरी बात यह कि औरंगजेब स्थानीय भाषा ब्रजभाषा को शासन के लिए सुविधाजनक समझता था। चौथी बात यह कि *संगीत*

रागकल्पद्रुम से यह साबित होता है कि औरंगजेब खुद ब्रजभाषा में कविताएँ लिखता था। औरंगजेब कविता में इश्क़ मजाजी का विरोधी था, चाहे वह फ़ारसी कविता में हो या हिन्दी कविता में। इश्क़ हकीकी कविता का वह विरोधी नहीं था।

औरंगजेब की भाषा नीति के बारे में बर्नियर ने लिखा है कि शासक बनने के बाद औरंगजेब ने अपने मजहबी उस्ताद से कहा था कि एक शासक के लिए धर्म की भाषा से अधिक उपयोगी है, स्थानीय भाषा। क्या मातृभाषा में प्रार्थना नहीं की जा सकती ?[38] इसी बात को ध्यान में रखकर औरंगजेब ने अपने बेटे आजमशाह की ब्रजभाषा में शिक्षा के लिए मीरजा खाँ को उस्ताद बनाया, जिन्होंने सन् 1776 में ब्रजभाषा का व्याकरण भी लिखा था। एलिसन बुश ने लिखा है कि जब बादशाहत के लिए शाहजहाँ के बेटों के बीच युद्ध होने वाला था तब औरंगजेब ने हिन्दी के एक कवि को जोधपुर के महाराज जसवन्त के पास इस सन्देश के साथ भेजा था कि वे औरंगजेब के पक्ष में युद्ध में भाग लें। जसवन्त सिंह ने औरंगजेब के अनुरोध को अस्वीकार कर दिया था।[39]

औरंगजेब के दरबार में हिन्दी के एक कवि वृन्द थे जो कभी-कभी बादशाह को खरी-खोटी भी सुना देते थे।[40] लेकिन कालिदास जैसे कवि औरंगजेब की वीरता की तारीफ़ करते थे। औरंगजेब के कुछ मनसबदार भी हिन्दी के कवियों को आश्रय और संरक्षण देते थे। ऐसे एक मनसबदार हिम्मत खान मीर ईसा थे जो कवियों को संरक्षण देने के कारण अपने समय के रहीम खानखाना कहे जाते थे। उन्होंने श्रीपति भट्ट, बलबीर और कृष्ण कवि को संरक्षण दिया था।[41] औरंगजेब के दरबार में एक श्रेष्ठ कवि मीरजा रौशन जमीर नेही थे।[42]

औरंगजेब की मृत्यु के लगभग एक दशक बाद मुहम्मद शाह के समय में उर्दू कविता दरबार में आ गई। फिर भी मुहम्मद शाह और बाद के अनेक बादशाह ब्रजभाषा में कविता लिखते रहे। ऐसे कवियों में खास तौर से शाह आलम का नाम विशेष रूप से उल्लेखनीय है जिनकी फ़ारसी, उर्दू और हिन्दी कविताओं का संग्रह है *नादिराते शाही*। मुग़ल दरबार में ब्रजभाषा कविता की परम्परा अन्तिम मुग़ल बादशाह बहादुरशाह ज़फ़र तक कायम रही, जिनकी ब्रजभाषा की कविताएँ *संगीत रागकल्पद्रुम* में हैं।

[iii]

भारतीय मुग़ल बादशाहों की हिन्दी (ब्रजभाषा) कविता

आज से लगभग दस वर्ष पहले इलाहाबाद विश्वविद्यालय के हिन्दी विभाग के प्रोफ़ेसर और अध्यक्ष सत्यप्रकाश मिश्र की कोशिश और मदद से मुझे एक पुस्तक प्राप्त हुई जिसका नाम है *मुग़ल बादशाहों की हिन्दी*। उस पुस्तक के लेखक हैं पंडित चन्द्रबली पांडे। वह पुस्तक नागरी प्रचारिणी सभा, काशी से 1940 ईस्वी में छपी थी। उस पुस्तक में अकबर से बहादुरशाह ज़फ़र तक की लिखी हिन्दी कविताएँ हैं और उनके रूप-

रंग, राग-छन्द तथा उनमें व्यक्त भावों और विचारों का विवेचन भी है। वह पुस्तक पढ़कर मुझे पहली बार मालूम हुआ कि अकबर से बहादुरशाह ज़फ़र तक सभी मुग़ल बादशाह हिन्दी में कविता लिखते थे। इससे एक ओर काव्य भाषा के रूप में ब्रजभाषा की व्यापकता का बोध हुआ तो दूसरी ओर मुग़ल शासकों की भाषा नीति, स्थानीय भाषा से उनके लगाव और स्थानीय कविता तथा संगीत में उनकी रुचि, गति और निपुणता का भी ज्ञान हुआ।

चन्द्रबली पांडे की पुस्तक पढ़ते हुए यह भी मालूम हुआ कि उसमें मुग़ल बादशाहों की जो कविताएँ दी गई हैं वे लगभग सभी कविताएँ कृष्णानन्द व्यास देव के विशाल ग्रन्थ *संगीत रागकल्पद्रुम* से ली गई हैं। इस जानकारी ने मुझे *संगीत रागकल्पद्रुम* की खोज की प्रेरणा दी। एक बार फिर इस काम में सहायक साबित हुए डॉ. सत्यप्रकाश मिश्र। उनके प्रयत्न से *संगीत रागकल्पद्रुम* के दो विशाल खंड हिन्दी साहित्य सम्मेलन, प्रयाग के पुस्तकालय में प्राप्त हुए। वह ग्रन्थ सन् 1914 और 1916 में छपा था। इसलिए पुस्तकालय से बाहर ले जाने की स्थिति में नहीं था। मैं सत्यप्रकाश मिश्र और अपने कुछ छात्रों की मदद से उन दो खंडों को पाँच जिल्दों में जेरोक्स करवाकर दिल्ली लाने में सफल रहा। उसके बाद *संगीत रागकल्पद्रुम* को पढ़कर उसमें से मुग़ल बादशाहों की हिन्दी कविता की खोज की प्रक्रिया आरम्भ हुई।

यहाँ *संगीत रागकल्पद्रुम* का संक्षिप्त परिचय देना आवश्यक है। वह मूलतः और मुख्यतः भारतीय संगीत का विशाल ग्रन्थ है, जिसमें राग-रागिनियों के उल्लेख के साथ-साथ लोक प्रचलित विभिन्न कवियों और गायकों के रचित पदों और गीतों का संग्रह है। इस ग्रन्थ के पदों और गीतों के संग्रहकर्ता हैं, कृष्णानन्द व्यास देव रागसागर। *संगीत रागकल्पद्रुम* के दूसरे खंड में इस ग्रन्थ के सम्पादक नगेन्द्रनाथ वसु के सम्पादकीय के बाद कृष्णानन्द व्यास देव रागसागर का जो लेख है उसमें ग्रन्थ में संगृहीत पदों-गीतों के अन्वेषण, संग्रह और प्रकाशन सम्बन्धी ब्यौरा दिया गया है। यद्यपि कृष्णानन्द व्यास ने इस ग्रन्थ को सात खंडों में निकालना चाहा था। लेकिन अनेक कठिनाइयों के कारण अपने जीवन में पूरे ग्रन्थ को केवल तीन खंडों में ही निकाल पाए। उनके जीवन में इस ग्रन्थ का पहला खंड 1842 ईस्वी में, दूसरा खंड 1845 ईस्वी में और तीसरा खंड 1849 ईस्वी में निकला।[43] जॉर्ज ग्रियर्सन ने अपना हिन्दी साहित्य का इतिहास लिखते समय *संगीत रागकल्पद्रुम* से बहुत मदद ली थी। उन्होंने 1889 ईस्वी में यह भी लिखा था कि वह ग्रन्थ अब अप्राप्य है।

लम्बे समय के बाद 1912 ईस्वी में *संगीत रागकल्पद्रुम* के पुनः प्रकाशन की योजना बनी और उसके नए संस्करण के सम्पादक बने नगेन्द्रनाथ वसु। दूसरी बार यह विशाल ग्रन्थ पुनः तीन खंडों में छपा। पहला खंड सन् 1914 में और दूसरा तथा तीसरा खंड सन् 1916 ई. में। पहले दो खंड देवनागरी लिपि में छपे, लेकिन तीसरा खंड केवल बंगाक्षरों में ही छपा; क्योंकि तीसरे खंड में अधिकांश पद और गीत बांग्ला

के थे। इस ग्रन्थ की विशालता का पता इस बात से भी लगता है कि सम्पादक नगेन्द्रनाथ वसु के अनुसार इसके आरम्भिक दो खंडों में गानों की संख्या 11330 है और तृतीय खंड के गानों की संख्या 2562 है।[44] *संगीत रागकल्पद्रुम* के तीनों खंडों की पृष्ठ संख्या 1579 है।

संगीत रागकल्पद्रुम के दूसरे खंड के अन्त में तीनों खंडों में मौजूद पदों और गानों में रचनाकारों के नामों की अनुक्रमणिका है। उस अनुक्रमणिका से यह मालूम हुआ कि मुग़ल बादशाहों के कुछ हिन्दी पद और गाने तीसरे खंड में भी हैं, जो मेरे पास नहीं था। फिर तीसरे खंड की खोज शुरू हुई। लम्बी कोशिश के बावजूद जब सफलता नहीं मिली तब मेरे एक शिष्य शीतांशु की मदद से तीसरा खंड प्राप्त हुआ जो बांग्ला में है। सौ साल पुरानी बांग्ला पढ़ना एक मुश्किल काम था, जिसे उसने बड़ी मेहनत से पूरा किया और उस खंड में मौजूद मुग़ल बादशाहों की कविताओं को देवनागरी लिपि में उपलब्ध करवाया। संक्षेप में यही वह प्रक्रिया है जिससे मुझे मुग़ल बादशाहों की हिन्दी (ब्रजभाषा) कविताएँ प्राप्त हुईं।

इसी बीच प्रोफ़ेसर हरबंस मुखिया की किताब *भारतीय मुग़ल* मिली, जिससे यह मालूम हुआ कि मुग़ल बादशाह शाह आलम सानी ने सन् 1797 में अपनी फ़ारसी, उर्दू और हिन्दी कविताओं का दीवान *नादिराते शाही* नाम से प्रकाशित करवाया। प्रोफ़ेसर मुखिया की किताब से यह भी मालूम हुआ कि शाह आलम सानी के उस दीवान को 1944 ईस्वी में रामपुर रज़ा लाइब्रेरी ने छापा था।[45] मैंने प्रोफ़ेसर मुखिया से बात की तो उन्होंने 1944 में प्रकाशित *नादिराते शाही* की अपनी प्रति मुझे दी। इस बीच यह भी जानकारी मिली कि रामपुर रज़ा लाइब्रेरी ने 2006 ईस्वी में *नादिराते शाही* को दूसरी बार छाप दिया है। मुझे 2006 ईस्वी में छपी किताब की एक प्रति भी मिल गई। मुग़ल बादशाहों की हिन्दी कविता के इस संग्रह में शाह आलम सानी की हिन्दी कविताएँ उनके दीवान *नादिराते शाही* से ली गई हैं।

इस कविता संग्रह को पढ़ते हुए पाठकों को यह ध्यान में रखना चाहिए कि ये पद, गीत और गान जिस ग्रन्थ से लिए गए हैं वह संगीत का ग्रन्थ है। संग्रहकर्ता कृष्णानन्द व्यास देव रागसागर ने 32 वर्षों तक सारे भारत में घूम-घूमकर गीतों का संग्रह किया था। ये पद, गीत या गान गायकों की मदद से मौखिक परम्परा से प्राप्त हुए हैं। गायिकी की प्रक्रिया में स्वर, तान, लय, राग-रागिनी आदि की सुविधा और जरूरत के अनुसार पाठों में परिवर्तन सम्भव है। इसलिए इस संग्रह में जो पद, गीत या गान हैं, उनमें और अन्यत्र मिलने वाले पदों और गीतों के पाठ में अन्तर सम्भव है। इन पदों, गीतों और गानों को कृष्णानन्द व्यास देव ने प्रथम प्रकाशन के समय जिस रूप में प्रस्तुत किया था, उसी रूप में दूसरी बार के प्रकाशन में प्रस्तुत किया गया है। दूसरी बार का प्रकाशन भी सौ बरस पुराना है। इसलिए अनेक पदों, गीतों और गानों की भाषा को समझने में कठिनाई सम्भव है। जैसे संगीत धर्म, समुदाय,

लिंग, भाषा और देशकाल की सरहदों को स्वीकार नहीं करता, वैसे ही कृष्णानन्द व्यास देव ने पदों, गीतों या गानों का संग्रह करते समय किसी तरह का भेद-भाव नहीं किया है; न हिन्दू और मुसलमान के बीच, न बादशाह और फकीर के बीच और न पुरुष और स्त्री के बीच।

संगीत रागकल्पद्रुम की एक विलक्षणता उसमें संकलित पदों, गीतों और गानों की भाषाओं से सम्बन्धित है। इस ग्रन्थ की भाषा सम्बन्धी जटिलता और सम्पादन में उससे जुड़ी कठिनाइयों का विवेचन करते हुए सम्पादक नगेन्द्रनाथ वसु ने दूसरे खंड के आरम्भ में ग्रन्थकार और ग्रन्थ का परिचय के अन्तर्गत ठीक ही लिखा है, "यद्यपि रागसागर ने अपनी सूचना में विभिन्न भाषाओं के संगीत-संग्रह की बात लिखी है, तथापि उनके इस ग्रन्थ में प्रधानतः हिन्दी, उर्दू, माड़वारी, पंजाबी, ब्रजभाषा और बंगला ही अधिकांश व्यवहृत हुई है। अपरापर भाषाओं के गान बहुत ही अल्प हैं। देशीय मुद्रायंत्र को उस शैशव अवस्था में अच्छा प्रूफ परिदर्शक न मिलता, प्रूफ देखने का भी कितनों ही को अभ्यास न था। सुतरां उस समय उपयुक्त प्रूफ-परिदर्शक के अभाव से *रागकल्पद्रुम* के अधिकांश गान ऐसे विकृत भाव से छपे कि उनका प्रकृत पाठ उद्धार करने के लिए हम और हमारे सहायककारी कई बार घबरा गए हैं। विशेषतः चीन, पेगु, ब्रह्म, श्याम, बलख, बोखरे, प्रभृति की जो भाषाएँ इस देश में साधारणतः नहीं चलतीं, उनमें हम यह नहीं ठहरा सके, किस-किस विषय के कौन-कौन गान संगृहीत हुए हैं। संस्कृत, बंगला, हिन्दी, उर्दू, अंग्रेज़ी, मारवाड़ी, प्रभृति प्रचलित भाषाओं के गानों का पाठ उद्धार नाना व्यक्तियों के साहाय्य से किया गया है।" (*संगीत रागकल्पद्रुम* खंड-2, सम्पादकीय पृ. 3)

मुग़ल बादशाहों ने संगीतमय पदों, गीतों और गानों के अलावा दोहा-छन्द में भी हिन्दी कविता की रचना की है। जो मुग़ल बादशाह फ़ारसी में ग़ज़ल लिखते थे, उनके लिए दोहा में कविता लिखना आसान था क्योंकि दोहा, शेर के समतुल्य होता है। अकबर का एक दोहा *मिश्रबन्धु विनोद* में यह मिलता है :

जाको जस है जगत में, जगत सराहै जाहि।
ताको जीवन सफल है, कहत अकब्बर साहि॥[46]

अकबर का एक और दोहा *नादिराते शाही* की प्रस्तावना में है :

पतहिला सुँ मजलिस गई तानसेन सौराग
हासनियों, रमपो, बोली बोगियो, बीरबल के साथ।

अर्थात पतहिला (बीकानेर के पृथ्वीराज) के साथ मजलिस ख़त्म हो गई और तानसेन के साथ राग ख़त्म हुआ। हँसी-खुशी की गुफ़्तगू बीरबल के साथ ख़त्म हो गई।[47]

नादिराते शाही के प्राक्कथन में ही औरंगजेब का यह दोहा है :

बैठी रहो क़रार से सुन सी राखो धीर।
साहिब से बिनती करो जो बहुरें आलमगीर॥

अर्थात बेकरार क्यों होती हो, सबर किये बैठी रहो और खुदा से दुआ करती रहो कि आलमगीर देहली वापस आएँ।[48]

सन् 1690 के आरम्भ में जब औरंगजेब दक्षिण में था, तब बड़ी दूर बंगाल से एक मुसलमान प्रवास करता हुआ बादशाह से मिलने कृष्णा नदी वाले प्रदेश में पहुँचा, और वहाँ पहुँचकर उसने बादशाह से कहा, ''आप मुझे अपना मुरीद (आध्यात्मिक शिष्य) बना लीजिए।'' इस पर औरंगजेब उसे निम्न देशज पद्य की पंक्तियाँ कहकर फटकार बतलाते हैं :

टोपी लेन्दे, बावरी देन्दे, खरे निलज।
चूहा खान्दा मावली, तू कल बन्धे छज॥

अर्थात तुम अपने लम्बे बालों को छोड़कर (फ़कीर की) टोपी लेना चाहते हो? अरे खरे निर्लज्ज! तुम्हारा घर (मावली? देखिए अरबी 'म' 'वा'=घर) तो चूहा खाए जा रहा है, और तुम कल उस पर छप्पर छाने की बात करते हो।[49]

नादिराते शाही में शाह आलम सानी के लिखे बहुत से दोहे हैं, जो मेरे इस संग्रह में मौजूद हैं।

इस संग्रह में शाह आलम सानी के बाद सबसे अधिक कविताएँ अकबर की हैं, कुल सैंतीस। ये कविताएँ अनेक रंग की हैं। कुछ कविताओं में अकबर का संगीत ज्ञान प्रकट है। जैसे पहली कविता ही देखिए :

भोरही भैरवराग अलाप्यो
अहो प्यारे वंशीमे आन।
खरज गान्धार रिषभ पंचम
मध्यम निषाद धैवत तान॥
आरोही अवरोही अस्थायी
संचाई ताल काल और मान॥
उरपति रप लाग डाँट देशी
मारग तानसेन सुनो साह अकबर प्रमान॥

इसी तरह अकबर का संगीत ज्ञान कविता संख्या 21, 22 और 28 में दिखाई देता है। अनेक पदों में ईश्वर की वन्दना है। उदाहरण के लिए देखिए कविता संख्या 12 :

भान उदोतकरण तिमिरहरण प्रकाशपति
ज्योतीसरूप अपनो दया जनावै।
सप्तदीप नवखंड परजौरी किरण तनी तनावै॥
दृष्टि न जुरत महाप्रताप तेज एसो करतार
दियो जनावै।
साह अकबर प्रभुको प्रसाद व्यापत भयो याते
जग रसाल लेआवै॥

दूसरे कई गीतों में प्रेम की अनुभूति है। उदाहरण के लिए देखिए कविता संख्या 2, 11, 16 और 23। अकबर का हिन्दू परम्परा का ज्ञान भी कुछ कविताओं में व्यक्त हुआ है। उदाहरण के लिए कविता संख्या 30 को देखिए :

कान्हाते अब घर झगरो पसारो
कैसे होय निरवारो।
यह सब घेरो करत है तेरो रस
अनरस कौन मंत्र पढ़ डारो॥
मुरली बजाय कीनी सब वोरि
लाज दई तज अपने अपने में बिसारो।
तानसेन के प्रभु कहत तुमहि सों तुम जितो हम हारो॥

जहाँगीर की हिन्दी कविताएँ कम हैं, कुल चार, लेकिन उनकी ब्रजभाषा सुगम है। एक उदाहरण प्रस्तुत है :

अति छवि छाजत है ललना लोचन तिहारे।
रंगरंगीले रसाल छवीले सोहत लजीले सोंहै खात जात
झुकोहै कछू उझकोहै ऐसे सोहन होत हमारे॥
अदभुत रूप गोप बरनो न जाय कोटिक
काम द्युति सुध वुध विसारे।
साह जहाँगीर जान बूझ कर सकुचावत
इन नैनन में रैन विहारे॥

शाहजहाँ अन्य कलाओं के साथ संगीत के भी प्रेमी थे। इसका प्रमाण उनकी अनेक हिन्दी कविताओं में मौजूद है। उदाहरण के लिए इस कविता को देखा जा सकता है :

प्रथम खरज सुर साधे सोई गुणी जों सुध मुद्रा वाणी गावै।
द्रुत मध विलम्पत लघु गुण पुलित कर दिखावै॥

सप्तसुर तीन ग्राम एकईस मुरछना बाईस सुरत
उनचास कोटितान ताको भेद पावै।
सरस्वती होय प्रसन्न हो सोई शाहजहाँ के श्रवणन कों रिझावै॥

जो लोग शाहजहाँ के जीवन से परिचित हैं वे यह जानते हैं कि शाहजहाँ रसिया मिजाज के व्यक्ति थे। उन्होंने अपनी अनेक कविताओं में खुद को बहुनायक कहा है। इसके लिए कविता संख्या 3 और 6 को देखा जा सकता है। उनकी प्रेमानुभूति की अभिव्यक्ति की एक कविता यह है :

माई काहे को कहो अब ही जो मोहि जिन बरजो
लाल तन को री चितबो।
मनमोहन प्राणेश्वर की छबि रीझत
अति मति गति सुध बुध बिसारी
सब अजहूँ भूल जैहै री तोहि सिख देबो॥
लगन सों फल ताकी कहा कहिए री
अब लोगन सुन्दर सखि भायो प्रेमबीज को बोयेबो।
पर रुचिर हो 'साहजहाँ' तिनको पंचसरहू ते सरस
अपबस करके मति गति मनहर लेबो॥

औरंगजेब की हिन्दी कविताएँ देख-सुनकर लोग चकित होंगे लेकिन इस संग्रह में औरंगेजब की जो कविताएँ हैं, वे *संगीत रागकल्पद्रुम* से ली गई हैं इसलिए उनकी प्रामाणिकता के बारे में कोई सन्देह नहीं हो सकता। औरंगजेब के सामने ब्रजभाषा कविता की जो परम्परा थी, उसी का अनुसरण वह भी कर रहा था, इसीलिए अपने तख्तनसीन होने का वर्णन वह इस तरह करता है :

उत्तम लगन शोभा सगुन गिन गिन ब्रह्मा विष्णु
महेश व्यास कीनो शाह औरंगजेब जसन तखत
बैठो आनन्दन।
नग खेंच दाम विशात वर गायन मोहनप्रत
ब्रह्मा रचौ तिन मध गायन गुनी जन गाबत तिनके
हरत दुखदन्दन॥
एक निर्तत निर्तत लास ताण्डव रंग भावन एक वन
बावत वन्दिक पण्डित कर कवि सरस पूरण चन्दन।
शाह औरंगजेब जगत-पीर-हरण लोक तारे
निस्तारे फन्देही रहत दुख दारिद्रके गंजन॥

वह प्रेम भी करता था। उदयपुरी बेगम से उसका प्रेम जगजाहिर है। उसने एक

कविता में उस प्रेम की अभिव्यक्ति इस तरह की है :

तुव गुण रवि उदै कीनो याही तें कहत तुमकों
बाई उदैपुरी।
अनगिन गुण गायन के अलाप विस्तार सुर जोत
दीपक जो तोलों सों विद्या है दुरी॥
जब जब गावत तब तब रससमुद्र लहरे उपजावत
ऐसी सरस्वती कौन कों फुरी।
जानन मन जान शाह औरंगजेब रीझ रहे याही तें
कहत तुमकों विद्यारूप चातुरी॥

औरंगजेब का बेटा आजम शाह सुलझी हुई भाषा का कुशल कवि था। उसकी कविताओं से यह साबित होता है। उदाहरण के लिए एक कविता देखिए :

निपट कर जो दुराव करत मोसों हौं नहीं जानत
पीय अधिक चतुर तुमही और हौंही अयानी।
कोटि यतन करत है तिन गुण कर प्यारे तुम्हारे
देखीयत जे करत फिरत घर घर मनमथके वस
जपो तिया अंग अंग रंग करत बहु ज्ञानी॥
अटपटी पाग पेच लट पटे कीन्हे बोलत मन्द वचन
चक कहत कहानी।
शाहआजम विचित्र छत्रपति की बातें तेऊ मेरे
जान पाई तब त्योहीं मुबारक ना आवत तुमारी
गत हम मन विच क्रम कर पहचानी॥

वह उस समय की ब्रजभाषा की कविता थी, जब कविता में प्रेम की अभिव्यक्ति की प्रधानता थी, इसलिए उसकी अनेक कविताओं में प्रेम की अभिव्यक्ति है।

औरंगजेब के दूसरे बेटे मौजमशाह शाहआलम बहादुरशाह ने भी हिन्दी में कविताएँ लिखीं। वह भी रीतिकालीन परम्परा का ही कवि है। उदाहरण के लिए उसकी एक कविता देखी जा सकती है :

अब तुम जागो क्योंन मोरे मीत
पियरवा हमारी प्रीत तुम सन लागी।
नींदके माते साहआलम सुरजनुमा भव
नुमा सगरी रैन रंग रस पागी॥

जहाँदार शाह 'मौज' उपनाम से ब्रजभाषा में कविता लिखता था। उसकी एक कविता लोकगीत के निकट है :

मोरे गरवाँ फुलवनको हरवा।
रात चोर चोरी आन कर डार गयो प्यारसे सुन्दर
मीत पियरवा॥
हौंतो ऐसी नींदकी माती करवटीयाँ न लई
सारी रतवा।
नेक जागती जो अपनी मौजसे न छोड़ती में उनको
अचरवा॥

वह प्रेम की प्रक्रिया के उतार–चढ़ाव से भी परिचित था इसलिए दूसरी कविता में उस प्रक्रिया की अभिव्यक्ति की है :

कौन जानेरी सखी मनकी बात विरानी।
भली बुरी बीततहै जापै वोही बहे पहिचानी॥
मार विरहकी सोई जानै जाके लगो तन मानै।
मौज इस राहमें बहोत गए हैं मल मल हाथ सयाने॥

मोहम्मद शाह कविता में खुद को 'महम्मद शा' कहता था। वह अपने को रंगीला भी कहता था। उसने ऐसा अपनी अनेक कविताओं में कहा है। उदाहरण के लिए देखिए यह कविता :

आओ बलमजी हमारे डेरे अबीर गुलाल मलों मुख
तेरे होरीके दिनन मोसे मत उरझे रे।
जो पिया मोसे रूस रहे हो बलि बलि जाऊँ सब ही
घने रे।
महम्मद शा पिया सदाही रंगीले दूर न
बसो बसो मोरे नेरे।

यही नहीं, वह कुछ कविताओं में खुद को 'सदारंग' भी कहता था। उदाहरण के लिए देखिए यह कविता :

नित सुमरन करतहै ए सखि ए तिहारे शरन
मों मन नयनको सुखदीजे।
महम्मदसाह पिया इतनी मिनती मोरी
सदा रंगकी सुन लीजे॥

इसी क्रम में कविता संख्या 7 को भी देखा जा सकता है। मुग़ल दरबार में होली का उत्सव धूमधाम से मनाया जाता था। मोहम्मद शाह ने होली के कुछ गीत भी लिखे हैं। उदाहरण के लिए एक गीत यह है :

होरी की ऋतु आई सखी री चलो पिया पै
खेलिए होरी।
अबीर गुलाल उड़ावत आवत शिर पर गागर
रस की भरी री।
महम्मद शाह सब मिल मिल खेलै मुख पर अबीर
मलो री॥

मोहम्मद शाह के बाद अहमद शाह बादशाह बने परन्तु नाममात्र के। उनकी कविता में भी प्रेम का परम्परागत चित्रण ही है। उदाहरण के लिए इस कविता को देखा जा सकता है :

तुंही मुराद करो मन भावन।
दिन दिन सुहाग बढ़े लाड़ले दुलहा कोते
अब वसकर पायोहै लाड़ लड़ावन॥
विनती सुन लीजो कान धर हमारी
अहमदसा बादसाह प्यारे मनभावन।
होंजी धरतीपै मेघ वरषत तैसे वरसे वरषका चाहिए
मोपरज्यों सावन हरो भरो डह डहो देखो करो
लागी रहों तिहारीहै दावन।
कहत सुरभावन नाम धरो नीको तिहारे
नामते निहाल होत मोसी करोरन वामन॥

उनकी कविता में जहाँ ज़िन्दगी की मजबूरी की अभिव्यक्ति है, वह मन को छूने वाली है। वैसी ही एक कविता यह है :

घटानें छोड़ी लटा बूँदन की अब कहा रोऊँ माई।
बिजरी चमके कोयल कुहुक कुहुक डरावै॥
रंगरस भरे अहमदसा कों देख री मेरो ध्यान बटावै॥

थोड़े दिनों के लिए अजीज अल-दीन आलमगीर भी बादशाह बने। वे भी दूसरे बादशाहों की तरह ब्रजभाषा में कविता करते थे। अपने बादशाह बनने पर उन्होंने यह कविता लिखी :

हिन्द में आनन्द भयो कोटि दुरजन गए
बैठे तखत वली आलमगीर सानी।
बाजे निशान फहरान सुने गढ़पति
फरर नई गई धाक डर हुकम मानी॥
आगे चहुँ ओरको ते मिलत कों जोर जोर

आगे चहुँ डोला दार सुघर रानी।
अदल अदलो उनसपत अदाहंग
कहाँ लग कहुँ जाके कादर करीमकी महरवानी॥

औरंगजेब के बाद के मुग़ल बादशाहों में सबसे लम्बे समय तक शाह आलम सानी बादशाह रहे। वे अकेले मुग़ल बादशाह हैं जिन्होंने अपने जीवनकाल में (1797 ईस्वी) अरबी, फ़ारसी, उर्दू, हिन्दी कविता का दीवान *नादिराते शाही* नाम से प्रकाशित करवाया। *नादिराते शाही* की कविताओं की एक विशेषता यह है कि प्रत्येक कविता के ऊपर राग और ताल का स्पष्ट उल्लेख है। दूसरी विशेषता यह है कि शाह आलम ने बड़ी संख्या में दोहरे या दोहों की रचना की है। तीसरी विशेषता यह है कि *नादिराते शाही* की हिन्दी कविता अनेक उपशीर्षकों में विभाजित है। ये उपशीर्षक हैं—सीठने, होरा, कवित्त, दोहरा और कबत व दोहरा नायका भेद।

सीठना का अर्थ है—शादी में बारात के आने पर भोजन के समय स्त्रियों द्वारा गाया जाने वाला गीत, जिसे गाली या गारी गाना भी कहते हैं। सीठना शीर्षक के अन्तर्गत शाह आलम की 26 कविताएँ हैं। इन कविताओं को ध्यान में रखकर उनके स्वरूप पर विचार करते हुए प्रोफ़ेसर हरबंस मुखिया ने लिखा है, "शादी के समारोहों में भी अनेक सामाजिक वर्जनाएँ तोड़ी जाती हैं और स्त्री-पुरुष के सम्बन्धों के सख़्त मानदंडों का स्थान अश्लील नज़रें, स्पर्श, मज़ाक़ और गीत ले लेते हैं। दूल्हे के पिता और दुल्हन की माता या दूल्हे की माता और दुल्हन के पिता के बीच के सम्बन्ध यौन द्विअर्थी संवादों, हँसी-ठिठोली, अश्लील चुटकुले और विवाह संगीत, जिसे भाँड़ी कहते हैं, के लिए खुल जाते थे। अठारहवीं सदी तक विवाह संगीत शाही दरबार में पहुँच गया था और बाद में मुग़ल शहंशाह शाह आलम द्वितीय ने इस विधा में कुछ चुनिन्दा शायरी लिखी।"[50]

ऐसी कविताएँ लिखने के लिए देश के लोक-जीवन और लोक-संस्कृति का आत्मीय ज्ञान जरूरी है। शाह आलम के सीठने यह साबित करते हैं कि उनको भारतीय लोक-जीवन और लोक-संस्कृति की पूरी और गहरी जानकारी थी। प्रमाण के लिए आप पाँच सीठने देखिए :

समधी ने समधन को जल्दी हाथ में ले दिखलाया
मोटा, ख़ासा बड़ा, सुनहरा, भला पलंग का पाया

समधन चाहे समधी का ले हाथ में अपने मोटा
कच्ची बूटी भावे नाँहीं, माँगे बड़ो निरोटा

पकड़ रही समधी का समधन, थी अपने वह गौं की
लम्बा, मोटा, ठहरा, बाँका, सकरकन्द ले हाथ में चौंकी

टेढ़ा, बाँका भावे नहीं, समधन खावे सीधा
एक दोय से खुशी न होवे, सौ दो सौ से बीधा

बैठ के समधी का समधन ने खड़ा देख ख़सख़ाना
समधी का फ़व्वारा छुटना, समधन का मुस्काना

भारतीय लोक-जीवन से आत्मीयता का दूसरा प्रमाण शाह आलम की होली सम्बन्धी कविताओं में मिलता है। होली पूरी तरह लोक-उत्सव का त्यौहार है जिसमें हर तरह के संयम, नियम, नैतिक मर्यादा और विधि-निषेध की उपेक्षा की जाती है। होली में स्त्री और पुरुष दोनों भाग लेते हैं और खुले मन से होली खेलते हैं। उसी भाव से शाह आलम ने होली से सम्बन्धित कवित्त और दोहरे लिखे हैं। पहले दो कवित्त पढ़िए :

देत कहे यह अंजन की जो लीक पिया तुम अंग लगायो
'खेलत फाग लगी कहीं घात, अब साँच कहो कन रैन जगायो'
और के पेम को नेम छुटाय के, आपनो ही उन पेम पगायो
कौन तिया बड़ भागन है, जन फागन में तुमहे रंग भिगायो

अबीर, गुलाल अव फूल लिये कर बाजत तार सुहावन लागी
भूषन अंग सिंगार सजे सब खेलत खेल मिली अनुरागी
कुंजन में अली गुंजन लागी सबे वन कोयल कूकन लागी
आनन्द हुलाम भये सब के मन, आई बसन्त भली रस पाली

अब कुछ दोहरे या दोहे देखिए :

फूल गुलाल, अबीर ले जी में कियो बिचार
खेलत होरी, लाल को लीजे गेंदन मार

रूपमती और रस भरी करके सबे सिंगार
आवत प्यारी बाल वह भरी रंग पिचकार

तीसरी तरह की वे कविताएँ हैं जिन्हें कबत व दोहरा नायका भेद कहा गया। शाह आलम का काल हिन्दी साहित्य के इतिहास में रीतिकाल के नाम से जाना जाता है। रीतिकाल की ब्रजभाषा की कविताएँ अधिकांशत: नायका भेद के अनुसार लिखी गई हैं। उसी परम्परा का निर्माण शाह आलम की इन कविताओं में दिखाई देता है। उदाहरण के लिए पहले दो दोहरे या दोहे देखिए :

छब कों देखन दें नहीं पीपल बैरी नैन

घरी न लागें रात को दिवस देत ना चैन

मो को तो अब, ऐ सखी, लाल न पूछें बात
जावत दिन है आस में, रोते रोते रात

नायका भेद से सम्बन्धित छन्द देखिए :

मन मेरो अमोल ले जात, पिया, तुम बार कछु न लगावत हो
पहले तो लुभाई लगाए भले, फिर पाछे उसे उचटावत हो
अत छैल छबीले, रंगीले, महा गुर बेली, रसीले कहावत हो
तुम राख न जानत हो, तो कहो, चित काहे पराई चुरावत हो

अन्तिम मुग़ल बादशाह बहादुरशाह ज़फ़र थे, जिनकी कविताएँ इस संग्रह में हैं। बहादुरशाह ज़फ़र ने ब्रजभाषा में कई तरह की कविताएँ लिखी हैं। उनकी ब्रजभाषा की कुछ कविताओं में प्रेम की अभिव्यक्ति है। उदाहरण के लिए एक कविता यह है :

प्यारी तेरो प्यारो आयो प्यारी
प्यारी बातें कर प्यारे को मनाइये।
अनेक भांतन कर प्यारेको रिझाइये
आली ऐसी प्यारो कहाँ घर बैठे पाइये॥
लाइये समुझाइये कौन भांतन
कर सुखदे बुलाइये।
साह बहादुर तेरे रसबस भए
अनरस कर कर सौतन हँसाइये॥

उनकी एक कविता में एक स्त्री के दुख भरे पूरे जीवन की व्यथा-कथा व्यक्त हुई है :

सुन री सहेली मोरी पहेली,
बाबल घर में रही अलबेली,
मातपिता ने लाड़ से पाला।
समझा मुझे सब घर का उजाला,
एक बहन थी एक बहनेली॥ 1॥
यों ही बहुत दिन गुड़िया में खेली,
कभी अकेली कभी दुकेली।
× × ×
सास जो चाहे सोई सुनावे,
ननद भी बैठी बात बनावे।

क्या करूँ कुछ बन नहीं आवे,
जैसी पड़ी मैं वैसी हीं झेली ॥ 9 ॥
जिया बियाकुल रोवत अखियाँ,
कहाँ गई सब सँग की सखियाँ।
शौक रंग गुड़ियाँ ताक पै रखियाँ,
ना वो घर हे ना वो हवेली ॥

बहादुरशाह के शासनकाल में मुग़ल सत्ता और दिल्ली शहर दोनों की हालत खराब थी। उस बदहाली की एक झलक बहादुरशाह ज़फ़र की इस ब्रजभाषा कविता में है :

जिन गलिन में पहले देखीं लोगन की रँगरलियाँ थीं।
फिर देखा जो उन लोगन बिन सूनी पड़ी व गलियाँ थीं।
ऐसी अखियाँ मीचे पड़े हैं करवट भी नहीं ले सकते,
जिनकी चालैं अलबेली और चलने में छलबलियाँ थीं।
खाक का उनका बिस्तर है और सर के नीचे पत्थर है,
हाय! वह शकलैं प्यारी प्यारी किस किस चाव से पलिया थीं ॥

1 मई, 2016 **—मैनेजर पाण्डेय**
नई दिल्ली

सन्दर्भ

1. *नादिराते शाही,* दूसरी बार प्रकाशित सन् 2006, रामपुर रज़ा लाइब्रेरी, प्रस्तावना, पृ. क।
2. एस.एम. अजीजुद्दीन हुसैन, पत्रिका-कृतिरक्षण, अगस्त 2012 - मार्च 2013, पृ. 8-14
3. Annie Krieger Krynicki, Captive Princess, Oxford University Press, 2005, P. 5.
4. पंडित चन्द्रबली पांडे, मुग़ल बादशाहों की हिन्दी, नागरी प्रचारणी सभा, काशी, संवत् 1997, पृ. 61
5. अकबर के जीवन की कुछ घटनाएँ, सम्पादक-शीरीं मूसवी, नेशनल बुक ट्रस्ट, 2000 ई., पृ. 92
6. अकबर के जीवन की कुछ घटनाएँ, सम्पादक-शीरीं मूसवी, नेशनल बुक ट्रस्ट, 2000 ई., पृ. 116
7. राहुल सांकृत्यायन, अकबर, किताब महल, इलाहाबाद, 1991, पृ. 298-299
8. *नादिराते शाही,* दूसरी बार प्रकाशित सन् 2006, रामपुर रज़ा लाइब्रेरी, प्रस्तावना, पृ. घ
9. Annie Krieger Krynicki, Captive Princess, Oxford University Press, 2005, P. 5
10. प्रो. हरबंस मुखिया, भारतीय मुग़ल, आकार बुक्स, 2008, पृ. 157
11. Annie Krieger Krynicki, Captive Princess, Oxford University Press, 2005, P. 50

12. Bikram Jit Hasrat, Dara Shikuh : Life and Works, Munshiram Manoharlal, New ·Delhi, 1982, P. 129-157
13. जवाहरलाल चतुर्वेदी, पोद्दार अभिनन्दन ग्रन्थ, मथुरा, संवत 2010, पृ. 606
14. Annie Krieger Krynicki, Captive Princess, Oxford University Press, 2005, P. 169
15. Annie Krieger Krynicki, Captive Princess, Oxford University Press, 2005, P. 501
16. Allison Busch, Poetry of Kings, Oxford University Press, 2011, P. 158
17. Annie Krieger Krynicki, Captive Princess, Oxford University Press, 2005, P. 186
18. Annie Krieger Krynicki, Captive Princess, Oxford University Press, 2005, P. 143
19. शैलेश जैदी, हिन्दी के कतिपय मुसलमान कवि, यूनिवर्सिटी पब्लिशिंग हाउस, अलीगढ़, 1977, पृ. 180
20. पंडित चन्द्रबली पांडे, मुग़ल बादशाहों की हिन्दी, नागरी प्रचारणी सभा, काशी, संवत् 1997, पृ. 77
21. पंडित चन्द्रबली पांडे, मुग़ल बादशाहों की हिन्दी, नागरी प्रचारणी सभा, काशी, संवत् 1997, पृ. 91
22. पंडित चन्द्रबली पांडे, मुग़ल बादशाहों की हिन्दी, नागरी प्रचारणी सभा, काशी, संवत् 1997, पृ. 2
23. पंडित चन्द्रबली पांडे, मुग़ल बादशाहों की हिन्दी, नागरी प्रचारणी सभा, काशी, संवत् 1997, पृ. 2
24. सुनीति कुमार चाटुर्ज्या, भारतीय आर्यभाषा और हिन्दी, 1989 ईस्वी, पृ. 206
25. पंडित चन्द्रबली पांडे, मुग़ल बादशाहों की हिन्दी, नागरी प्रचारणी सभा, काशी, संवत् 1997, पृ. 6
26. पंडित चन्द्रबली पांडे, मुग़ल बादशाहों की हिन्दी, नागरी प्रचारणी सभा, काशी, संवत् 1997, पृ. 7
27. Allison Busch, Poetry of Kings, Oxford University Press, 2011, P. 134
28. मिश्र बन्धु, मिश्र बन्धु विनोद, संवत् 1983, पृ. 321-22
29. Allison Busch, Poetry of Kings, Oxford University Press, 2011, P. 134
30. शैलेश जैदी, हिन्दी के कतिपय मुसलमान कवि, यूनिवर्सिटी पब्लिशिंग हाउस, अलीगढ़, 1977, पृ. 95-110
31. पंडित चन्द्रबली पांडे, मुग़ल बादशाहों की हिन्दी, नागरी प्रचारणी सभा, काशी, संवत् 1997, पृ. 20-21
32. पंडित चन्द्रबली पांडे, मुग़ल बादशाहों की हिन्दी, नागरी प्रचारणी सभा, काशी, संवत् 1997, पृ. 23-24
33. Allison Busch, Poetry of Kings, Oxford University Press, 2011, P. 143
34. Allison Busch, Poetry of Kings, Oxford University Press, 2011, P. 144
35. पंडित चन्द्रबली पांडे, मुग़ल बादशाहों की हिन्दी, नागरी प्रचारणी सभा, काशी, संवत् 1997, पृ. 32
36. कवीन्द्राचार्य सरस्वती, कवीन्द्रकल्पलता, राजस्थान पुरातत्त्वान्वेषण मंदिर, जयपुर, 1958, पृ. 7
37. कवीन्द्राचार्य सरस्वती, कवीन्द्रकल्पलता, राजस्थान पुरातत्त्वान्वेषण मंदिर, जयपुर, 1958, पृ. 47

38. पंडित चन्द्रबली पांडे, मुग़ल बादशाहों की हिन्दी, नागरी प्रचारणी सभा, काशी, संवत् 1997, पृ. 52
39. Allison Busch, Poetry of Kings, Oxford University Press, 2011, P. 157
40. पंडित चन्द्रबली पांडे, मुग़ल बादशाहों की हिन्दी, नागरी प्रचारणी सभा, काशी, संवत्-1997, पृ. 42
41. Allison Busch, Poetry of Kings, Oxford University Press, 2011, P. 158
42. शैलेश जैदी, हिन्दी के कतिपय मुसलमान कवि, यूनिवर्सिटी पब्लिशिंग हाउस, अलीगढ़, 1977, पृ. 141
43. *संगीत रागकल्पद्रुम* भाग-2, नगेन्द्रनाथ वसु द्वारा लिखित ग्रन्थकार और ग्रन्थ का परिचय, पृ. 3
44. *संगीत रागकल्पद्रुम* भाग-2, नगेन्द्रनाथ वसु द्वारा लिखित ग्रन्थकार और ग्रन्थ का परिचय, पृ. 8
45. प्रो. हरबंस मुखिया, भारतीय मुग़ल, आकार बुक्स, 2008, पृ. 222
46. मिश्र बन्धु, मिश्र बन्धु विनोद, संवत् 1983, पृ. 323
47. *नादिराते शाही,* दूसरी बार प्रकाशित सन् 2006, रामपुर रज़ा लाइब्रेरी, प्रस्तावना, पृ. ग
48. *नादिराते शाही,* दूसरी बार प्रकाशित सन् 2006, रामपुर रज़ा लाइब्रेरी, प्रस्तावना, पृ. ङ
49. सुनीति कुमार चाटुर्ज्या, भारतीय आर्यभाषा और हिन्दी, 1989 ईस्वी, पृ. 208
50. प्रो. हरबंस मुखिया, भारतीय मुग़ल, आकार बुक्स, 2008, पृ. 220

अकबर की कविताएँ

[1]

भोरही भैरवराग अलाप्यो
अहो प्यारे वंशी में आन।
खरज गान्धार रिषभ पंचम
मध्यम निषाद धैवत तान॥
आरोही अवरोही अस्थायी
संचाई ताल काल और मान।
उरपति रप लाग डाँट देशी
मारग तानसेन सुनो साह अकबर प्रमान॥

[2]

लालके संग ललना रैन जागी और लाललोचन
लागोहि आलीरी मानो वधू पसीठे।
ता मधपुरी ऐसी शोभा मानो
भँवर लपटात उन मध उड़ परे रंगम झीठे॥
उनके देखे भूँखे रहिहौं मेरे
जान खंजन कमल मीन मृग लागे बसौठे॥
साह अक्बर पियको मोहेत
दीजियत अरसाने नींदन
अघाने अलख लाड़े पुन वाटछवि ढीले चितवन मीठे॥

[3]

कान्हाते अब घर झगरो पसारो
कैसे होय निरवारो।

यह सब घेरो करत है तेरो रस
अनरस कौन मंत्र पढ़ डारो॥
मुरली बजाय कीनी सब वोरि
लाज दई तज अपने अपने में बिसारो।
तानसेन के प्रभु कहत तुमहि सों तुम जितो हम हारो॥

[4]

अश्वपति गजपति नरपति भुवपति
चकतावली चकतारण।
दारिद्रहारन दिनमणि सूरज शशि उरगन
भुजबलभीम डर तेरी त्रास दान समान कलीकरन॥
राज साजाके तुव समान इन्द्र
भण्डारी कुवेर आयो तुव शरण॥
अपबल बली अचल रहो जलालदीन
अकबर साह जोलौं तो नाम मधु अधरण॥

[5]

नैनन मग जोवत मध भूअ पलक न लागेरी ढगए।
जा दिनते बिछुरे प्राणपति तबते
निश बासर मोको जात सब एक टगए॥
हों इन्के समीपते कबहुँ
न्यारी ना भई न जानों एतो दुख
आलीरी हो विरह मताबैरी अंग अंगए।
अकबरसाह बिचित्र भैटोंगी
अंको भरत बजेहैं मों तन मनमथ दगए॥

[6]

बंकासुर चोंप प्रगटि छवि प्रकाश और सुर कटाक्ष दशन
मनी मध गजगवनी पियूषअधर वदन इन्द्र धरन।
मन्द अमन्द परमल वास तेरी लछमी और जेतो रम्भा
प्राणपति पीरहरण॥
उदद भादत ततु अरतन कारण

अस्मनाम सुखसंग भई ऐसी चंचलता धरन।
यह लीन प्रकारन लीनो अक्बरसाह
कामधेनु लागी अति सेवा करन॥

[7]

प्रवलदल भंजन विकटग्रहगंजन कौन जोधा
संसार होई।
अमार पार किए अडंड डंडनजे निपट गढ़
ढहन धाक सोई॥
धरन धरकत धकत धरक गई छाती भुवपाल
द्रगपाल तिनको चढ़ी रहत नित जोई।
शाह अकबर डरन तुव दरन थरथर काँपत
रहत अमर हत तुव सम न धीर होई॥

[8]

जैसी जीत दक्षन सुभट पच्छिम जीत
उत्तर पूरव सब लछन बखतवर।
अगन ईशान वायव नेरत बाजे बजाए निशान
फिरी दुहाई शाहनशाह अकबर वर॥

[9]

शाह अकबर के दुरजन दूर करो मौन-दीन ख्वाजा।
सप्तदीप और अष्टदिशा पर हुकम होय
सब मुलक खलक पर और जाय तन मन ते
दुख दारिद्र भाजा॥

[10]

हलहली धरणी कमठ पीठ कल मल गई
गरद उड़ गगन रविते अलोप्यो।
आयोरे शाह गर्भगंजन अकबर मेरे जान
शाह जलालदीन शाहनशाह दिलीनरेश कोप्यो॥

[11]

जाँसो बनआई प्रीत की रीत तासो
क्योन जाई रितमानी।
एतो दुराव कत करत प्यारी एबाते तो
सब नीके जानी॥
एते पर आवत उत्तर बनावत खिजावत हो याते
चतुर सुजानी और न जानतहों निपट अजानी।
साह अकबर पिया तोय परसत मागत याते
विनती करूँ चानन तनकसी भौंहें तानी॥

[12]

भान उदोतकरण तिमिरहरण प्रकाशपति
ज्योतीसरूप अपनो दया जनावै।
सप्तदीप नवखंड परजौरी किरण तनी तनावै॥
दृष्टि न जुरत महाप्रताप तेज एसो करतार
दियो जनावै।
साह अकबर प्रभुको प्रसाद व्यापत भयो याते
जग रसाल लेआवै॥

[13]

सेत असेत तारे जा तारकों निरमल अमल नवल
पुतरी मानो कमलन मासी।
पूरण चन्दकी छाय परी इन नैन की तपन पै
मंज कहे खंजनने दगा देने कासी॥
कमलन में मंजन छिप करि बीधे रीधे अकबर साह
कों छाजत एक सरस मद अली जुग सार समाती
सो आप आपकों अफर उमड़ चल दियो
पठान वरणी धरक भयो नीरज तिन में हठ
कियो दाना की बुध नाटी यह अँखिया जलाल
महम्मद की आरसी।
तिनमें आपनमें आप नहीं देखो चाहे
मानो हों अंजन कों मंजन से लीभ सम लई
मनमथ तपन कों ए चाई मानो अग्नि वासी॥

[14]

आज माईहों आनन्दी आनन्दन मेरे गृह
धरे पिय चरण।
अब साँचो पायो पूर्वलो फल मोहे मिलोरी
कामहरण॥
लट लटके मुख देख दुख गयो अनगन सुख भयो
अमृतवचन।
सुन यवण जनम घरी मोकों मिले शाह अकबर
मानो जानोरी पीत परन॥

[15]

अहो तुम झूंठौ झूंठौ बातें कथत ज्ञानकी रसना
नाहिन बनत मानत नाहिनरी आली कहूँ तूँधों
कहा भयो लाभ।
दादर निशदिन नाल मूलहै चाहहुन पइयत है
कैसे पइयत पद्मनाभ॥
काहे योगी जपी तपी संन्यासी काहे शेष मशायक
जो इच्छा पूजवे एसो कौन को भयो ज्ञानलाभ।
शाह अकबरको मन मनाइ जो कहो तुम ताही के
शीश धरो वमदाभ॥

[16]

प्यारै तू मन मेरे तनमें बसत रजनी दिन तोहीसों
जीवन बनत मेरो।
सोवत सपने अन्तर अनत फिरत तौऊ संग
लागी रहतहों पिय छाड़त नाहीं औसेरो॥
नेत्रनकी पुतरीनमें मोहनीमूरत देखवोई
करत तोऊ व्यापत न मोमै काम अनेरो।
विरहनी नारन तारन अकबरशाह सुजानहो आई
सेवा कारण काइ सोतनके कहैते अब तुम जिन
मोपर तेजो फेरो॥

[17]

प्रथम मंजन कीनोरी आली उदियाको दोउ
परदस लीनों।
हसन बोलन डोलन मानो सरखती लिए वीण
हुमायूँको नन्दन अकबर वस कीनों॥

[18]

ए जित तित सुनीयत बावर वंश जीतो।
अरिनन मार हदसद कीनोरी दरीया पार खाँड़ो
पखारो कियो अपनो चीतो॥
देश देशनके नरेश काँपत डरपत कहत
जरव जोरके कहा कियो एसो पीतो।
चिर चिर जियो शाह अकबर सबन तोड़
कियो अजीतो॥

[19]

ए साह अकबर तुमसों न बोलो मनमाने हो
नहीं माने।
जे तुमारे औगुन मोहि कैसे भूल गए सोतनकौ
जांही गए गेह आन डोलत सो तो मेरे हिय में
जो भले जाने॥
अब आवो मोपै मान छिपावन न जाने जो जाने।
साह जलाल अब कैसे आए हो पीत कर
परछाने पिछाने॥

[20]

नैनन शीश हाथ देखवेकों और श्रवण वचन
सुनवेकी।
कर छुवन और अंको भर भेंटत सुख पायौ यह
घरी जनम लेखवेकी॥
पाछले विरह कों दुख दन्द गयो सोतन अनख

मुख पेखबेकी।
अकबर शाह पिय सुजान मिले मोकों परम विचित्र यातें निघरी सुख विलसवेकी।

[21]

शिक्षा कार अनुकार रंचक भावक गायन तान प्रमाण।
घात मात योग ध्यान इन भेदन भेद ध्यान शरीर की सूरत मंत्र बखान॥
जे अलंकार सुर ताल प्रस्तार विस्तार जानत सब बहु विध अंक अंग सुजान।
शाह अकबर गुरु न गुरु संगीतकलानिपुणन किए भए न गान॥

[22]

जाने तार सुर के भेदन को गत साधे असुध को संगत।
ओर जै जै जप्त त्रवट पिकार कहियतु है तिनके व्योरे उगत जुगत सो एसी भरत के मत पंगत॥
जानत गीतछन्द धरु धुरपद गावै गुणो बजावै तिनहूँ को बिलौच कर मानत नाही साज रंगत।
शाह अकबर गुरु न गुरु सकलकलासम्पूरण विव विवेक चित न अंगत॥

[23]

जे छिन छिन लगन के समीप रही एसी धरी लेखे में गिन लइए।
मोई तो विचित्र चातुर अधिक सुनरी जो उन्की प्रेम प्रकृति लिए रहिए॥
भाग सोहाग ताही को गिनोरो जासों पिय हँस बोले जियको बात कहिए।
शाह अकबर प्यारे के मन रंजन घड़ी घड़ी घड़ी पल पल चहिए॥

[24]

तेरोरी वदन जोत चन्द्रह तें अधिक निर्मल
सो समीप लगेहो रहत है मुक्ता ढिंग जैसे पोत।
प्राणपियारे को प्राण में बसे झूठेही श्रवण कारण दोत॥
शाह अकबर छत्रपति रहसन अरी तुव पलक के
ओट होत॥

[25]

मीठे मीठे हो मीठे मीठे लागत फरिदो गंज शकर।
सब कोऊ कहतहे मीठेई मीठे ज्ञान ध्यान कर देखो
शाह अकबर नाम लेत रसना कोनों पवित्रकर॥

[26]

भुजंगी लाल तेंदी कीनी दुरंगी गातही गात पीत
उमंगो।
कइंक बोर बोर दरकी दरकी एसी लागत
मेरे जान आली मान काम ओप प्रगटी तन यंगी॥
और प्रसेद प्रेम अब जगमग रह्यो जोवन तीय
भर उमंगो।
याछविसों आपे भईरी अकबरशाह और तुअ
अंग संगी॥

[27]

कर विद्या तूँरी जहाँ पढ़ पूरण काम करत अज्ञान
उगत जुगत विधना भली।
प्रगट कर शाह अकबर जगत गुरु जलालदीन
अष्टयाम विनान करत राग रंग महावली॥

[28]

[एक]

पटताल नीको ताल अक्षर धाय चोसट ताल गत
प्रस्तार हो अधार हो मेरे जियको।

शाह अकबरकों रिझावन पटताल रस लावन और
अनेक भेद उपजावन॥
ताकिटतकताक्टतकधेधीना धधिलांग
धाधिलांगधिकिट धिधिकन धिधिकनधेधिनाकिट
दिगथो॥

[दो]

जेही तेही केइ भाँत मान मन मनाइये सोहाग
लाड़ली को।
शाह अकबर परसतही वाको प्राणपतीहै जो घरी
घरी पल पल नित नित चाड़लीको॥

[तीन]

केतीक बात यह तेरे आगे जोतू मोपर करे कृपा।
जे अज्ञानी ते ज्ञानी होय निरगुणी गुणीते गुणी पूरे
कहे अपाअपा॥
जो जामिलके तारो वारो व्रज सली विष्णु गोवर्द्धन
कराना कर करम कुटिल तेजे दिनकर छिपाया
विलासको मनविलास॥

[चार]

यह तेरी कौन टेव परीरी मोहे हँसत खेलतरी
विलगो ना मान मनावे।
ऐसी न बझिये प्राणपियारे जो तनक तनक बातन
को दुख पावे॥

[पाँच]

झुकन हेरे फेरे करतरी हौं डरतरी तू जिन रहेरी
विन आई।
हँसत खेलत कोऊ विलगीन मानूगीरी आली ताहि
शाह जलाल रसाल दुहाई॥

[29]

वदन ढाँप पीढ़ी लीला पट पहेरे सीस रहोहे प्यारी।
जबही घूँघट पट न्यारी करत पिय मानो जीत लजारी॥
आरस प्यारी पहरे पीतम परम विचित्र महारी।
शाह अकबर निहोर करत तिय है उठ चल हँस
बोल हों वारी॥

[30]

अकबर प्राणनाथ अनाथन को
यहनाथ ए जापै अष्टसिद्ध नव निध पाइये।
परमदाता ज्ञाता सबही को मनरंजन
यहदुःखुभंजन कल्पवृक्ष प्रतक्ष धाइये॥
अन्तरयामी खामीजग काज करवे को
ए रस नाल बनाइये।
जलालदी महम्मद ऐसे दाता किए
तिहुँ लोकमें यश गाइये॥

[31]

तखत बैठो जसनकीनी साइस कवन्ध
पंडित धरी विचार अचल राज पायो।
कनकदंड चवर छत्र रतन जड़ित
जगमगात सुर नर मुनि गुनी गन्धर्व गायो॥
मृदंग बजाय इन्द्रलोक देखन आयो॥
ए समै जो वकस गजमुक्ता तरंग देत
अरव खरव जैसे मेघझर लायो॥
चिर चिरजीवी जलालदीन अकबर
चहुँ चकसीस निवायो॥

[32]

सब साहन साहको साई शिरताज कीनो
विधना जब धरी अकबर नाम।
भुव लोक मध लोक उजारो कर थप्यो

तखत बखत तोहि दीनों अचल करके नेहचे।
अब जव्ठँ पेव्त पठँचे राज॥

[33]

सीखी सुनी बातें कोलों रोको जोलों न
आवै गरे की तान।
जो कुछ जानी तो साधो रंगरंगके प्रमाण॥
विनही पढ़े विनही समझे विनही सीखे
कहावत ज्ञान।
गुरुनगुरु साह जलालदीनसाह अकबर सब विध जान॥

[34]

चढ़ो दल साज अवनिदल मलनको
धरण प्रताप करण सो यश जगतमें।
जाके बाजे सुन इन्द्र डरप गयो निरास भयो
जो सकल भूपतमें॥
लंका परी धाक जमहिर हिरानों कलवलानी
शेष भूमि हलतमें।
साह अकबर छत्रपति नरेश लीनो
सब देश पल झपकतमें॥

[35]

शाह अकबर निपट बड़ी ढीठ कर मान तेरी
वेहदह और महम्मद महबूब प्रगट रहम करम
हो मनायो।
वारगाह विशात ऊँचीहों सुन्दर वरवर वरको
इह माने विण्ध अध आसमान बनायो॥

[36]

दीदार पायो मैं शाह अकबरको भई निहाल वन्दी।
रोशन जम्वीर पूर नूर भरो देखियत पनघटही मेरे
संगही रहत है नैन सैन चातुर मुख मोहना॥

[37]

बिन दामोका गुलाम कहायो यह साहबज़ादा नीशेरानो।
कान पकर जब सामने आया तो बातें कामरू जानो॥
दिलकी अँगूठीमें पुतलीका इश्क बंध इश्ककी आममें फ़ंकानो।
एसी सीनेकी सौकीपै आँखोंकी मशनद पलकोंसे झाड़ बिछानो॥
चौकी हो गर एसी मशनद हो एसी पलकोंसेही झरानो।
भला ऐसी क्यों बात न कहिये ऐसो बनरी रैन बिठानो॥
एसी अँगीठी आगे इशकबँध एसाहो तो क्यों न कहानो।
एक दाना जले सतर लाटले दोनोकी अब ना गहानो॥
कहाँ प्यारी बनोको बैठावे बना हाथ बाँधे खड़ा रहे आनो।
भला एसी जग जरा कहिये न क्यों एसी बनरी परे न बैठानो॥
एसे बाँध बूँध कर कीना अली गुलाम शाह हासानो।
अकबर देहरी बैठो सलाम करे एसे टोनेसे देहरी चढ़ानो॥

जहाँगीर की कविताएँ

[1]

ए जहाँगीरको साहजहाँ जिन जगपर
कियो कर साह मरदानजाको
अपबल दियो एहाँ अपबल दियो
समपत संग मँगाई शिरमोर धोल
शिरसिंगीसाँई पातसा किए बड़ाई
जग पर कियो कर सिमर सुरधुर॥
तेरे कुल होते आए तिमरलिंग
अमर बाबर हिमाऊँ दीनदार
जाके साह अकबर ताके साह
जहाँगीर नरपति नर।
रावराने लागे डरन मोन दीन अधार
करनराज तेजकायथ दायमको तव अटर॥

[2]

बनि बिन वनिता आईहै पिय मन भाई सौतन
मध खेलत लालभँवर मानो फूल फुलवारी।
एकनसों नैन सैन एकनसों मीठे वैन एकनको
पाछेते अंक भरत अचानके छवि
भई दूनी दुले रागहिण्डोल मिल गाई॥
उत्तम मधुरित फूली इत काकमी वेली
ऐसे पिय तिय दोउ भाँत एकदाई।
अति सुखदयो दोउ बिवसन राई
सुलतान सलेम पिय रुसोहै मनाई॥

[3]

अति छवि छाजत है ललना लोचन तिहारे।
रंगरंगीले रसाल छवीले सोहत लजीले सोंहै खात जात
झुकोहै कछू उझको है एसे सोहन होत हमारे॥
अदभुत रूप गोप बरनो न जाय कोटिक
काम द्युति सुध वुध विसारे।
साह जहाँगीर जान बूझ कर सकुचावत
इन नैननमें रैन विहारे॥

[4]

भाज भाजरे गढ़पति शाह जहाँगीर शाह रिसानो।
चहुँचक जाकी आन कबूल खुरासान लपक
झपक लीनी पग लागो राजा रानी॥

शाहजहाँ की कविताएँ

[1]

कुच महेश नख छत दुतीया को चन्द मुक्तमान गंग।
अलकसारी लुवध रही सोई और सोहत अरजन
के संग॥
पोहपन के हार पहराई एसो मानो कारो पूजा कर
धरत सपत सीखत रस परस करत अनंग।
एसे विध के पीउ रति रस कीनों शाहजहाँ राखी
अरधंग॥

[2]

प्रथम खरज सुर साधे सोई गुणी जों सुध मुद्रा
वाणी गावै।
द्रुत मध विलम्पत लघु गुण पुलित कर दिखावै॥
सप्तसुर तीन ग्राम एकईस मुरछना बाईस सुरत
उनचास कोटितान ताको भेद पावै।
सरस्वती होय प्रसन्न हो सोई शाहजहाँके श्रवणन
कों रिझावै॥

[3]

पाइये जेह लाल सोई विध करीये काहे कों गुमना
भरीये।
ता पर मान मया विच पीय की काइकी कही
कित जिय धरीये॥
जहाँ नेक रीझे तहाँही करत हित ऐसे पीतम

से डरीये।
बहुनायक प्यारो शाहजहाँ जाँन सोतन तें वावरी
घरी घरी पल पल छिन छिन अंग सरीये॥

[4]

रस विनोदी गुण गहरत विवेक चिन्तामणि ध्यान
शाहजहाँ जान
जेजे तारध्याय सुरध्याय रागध्याय तिनके करे
लक्ष लक्षण विद्या प्रमाण
वल वल करना उनइ से देत एसे कोटिन दान।
चिर चिर जीयो छत्रपति प्यारो जोलौं भुव ध्रुव रहैं
शशि भान

[5]

गई नींद उचट सखी सोवो हरो नेकन आई।
एक टग रहे पाटी लग मग निरखत तेसी चलत
पवन पुरवाई॥
वेकल रहत रोम रोम तलफत परी विरह जो
नमाने मोरी माई।
मीन जल जोई शाहजहाँके दरसन विन अंग अंग
सताई॥

[6]

भाँदो कैसे दिनन माई श्याम काहेकों आवेंगे।
कोकलाकी कुहुक सुन छाती माती राती भई विरही
आगे ऊधो फूँक फूँक जरावेंगे॥
शाहजहाँ पिया तुम बहुनायक विरहिन के अँसुअन
की तपत बुझावेंगे॥

[7]

माई काहे को कहो अब ही जो मोहि जिन बरजो
लाल तन को री चितबो।

मनमोहन प्राणेश्वर की छबि रीझत
अति मति गति सुध बुध बिसारी
सब अजहूँ भूल जैहै री तोहि सिख देबो॥
लगन सों फल ताकी कहा कहिए री
अब लोगन सुन्दर सखि भायो प्रेमबीज को बोयेबो।
पर रुचिर हो 'साहजहाँ' तिनको पंचसरहू ते सरस
अपबस करके मति गति मनहर लेबो॥

[8]

दादुर चातक मोर करो किन सोर सुहावन को भरु है।
नाह तेही सोई पायो सखी मोहिं भाग सोहागहु को बरु है॥
जानि सिरोमनि साहिजहाँ ढिग बैठो महा विरहा-हरु है।
चपला चमको, गरजो बरसो घन, पास पिया तौ कहा डरु है?

[9]

बने आभरण ओर सोहत कण्ठमाल विराजत गरे।
सीसफूल टेढ़ी और दुकूल नाकबेसर
या शोभा तियगुण कर आगे सरे॥
तैसी अरुणसारी और अंगिया फुलेल भींजी
तामें राजत माथे टीको मुक्ता माँग लरे।
यह छवि देख रीझे साहजहाँ पिय रीझके अंको भरे॥
निरत करत रीझ रंगभूमिते गहि बहियाँ
रंगमहल ले सिधारे।
सखी सब रीझ मुसक्याय मुँह फेर रही आपही
हँसत गए रसनिधि भरे॥

[10]

अधर चन्दन घसीले पुरी सखियाँ आज मोरे आइए।
रसलावन गुणवन्त जुरमिल सखियाँ इन सेजरीयाँ
बनाए साहजहाँ पिय अंग अंग सुख पाइए॥

[11]

साहजहाँ लंगर पिउ सुन्दरवा
आज कौन रंग रस राते।
मद पीए मस्त भए डोलत फिरत इत उत मदमाते॥

[12]

छत्र छवि नित्य नई भई रीति जैसी
सभी आभा वा सुरपतकी।
सदन सदन मणिमुक्त रतन छत्र वरण
वरण रंगन रंगन छवि विसात निरख
नर नरेश ताते सुरेश हुते अधकी॥
और मखमल जर बाफता सतिनके
शामजाने असपक कंचन खम्भ लगे
और नग जगमगे तखत कैसो कही
न जात उपमा जा बखतकी।
शहनशाह किरानसानी शाहजहाँ
जूको नौरोज दीनो अरब खरब
छीनो गरबिन के गरब तिहूँ
लोक में चर्चा कीरत की॥

[13]

मेरे तो आये हो भारे सब निसि अनतही बसे
तुरतही मानि रित सों
कैसे दूरत लिए सो आस सब हरे॥
चारों याम जानत जनघेरी हम
संग जगवेकी गरज हरे।
शाहजहाँ पिय पे न गई तुमारी चोरी छोहरे॥

[14]

विराजत सिंहासन बैठो गाजे
जगजीवन सकल दरसनकौं।

रोज रोज नवरोज होत पुन
अष्ट दिकपाल आस करत पुन देसनके
नरेश आये चरन परसनकौं।
दसो दिसा के गुनी मन मिल मान लये
ते दान लये सुरपति भूपति
आनन्द भयो मति हवसनकौं।
बड़ो जीय सहस रसनाको
सनतान सहित पृथ्वीपति नरको
नर शाहजहाँ जहाँलो रवि ससि नभ रहे उर वसुधा
वर सदा बरस दिन दिन बरसनकौं।

औरंगजेब की कविताएँ

[1]

छत्र छबि छाजे बिराजे हुमाऊँ तखत
बैठो चारों चक जीत आयो दिल्लीवर।
ऐसो हठीली नर नरेन्द्र नरेश धावत
शत कोस काइ पै न रोको जाय तकवर॥
राख लई इमर मिमिर लिंग बाबरकी
बृद्ध किरात साहन मन बादसाह ताहि दयो अलहवर।
नायक पूरण करत बखान तेरो बाबरसुत
ताँको सुत हुआऊँ अकबर सबल नर॥
अकबरसुत जहाँगीर ताको साहजहाँ
ताको औरंगजेब भयो है भुवपर॥

[2]

चरण धर धर मेरे गृह लालन भय खाए आए मेरे।
तनके दुख सब दूर गए सुख आए मेरे नेरे॥
मृदंग बजावहु मंगल गावहु भागनही पाए
कर रही प्रथमही जतन बहुतेरे।
साह औरंगजेव प्रीतम अबमें धन जनभ कर मानत
जब आँखन भर हेरे॥

[3]

ध्यायन गायन गाव बाजन बजावत।
आनन्द भयो नरनारी इच्छा भर पावत॥

पुनि कही न परत शोभा सभा तू केहि विध
कमल न दुरावत।
साह औरंगजेब जियो कोटि वरसलों वरस गाठन
की शादी फरमावत॥

[4]

उत्तम लगन शोभा सगुन गिन गिन ब्रह्मा विष्णु
महेश व्यास कीनो शाह औरंगजेब जसन तखत
बैठो आनन्दन।
नग खेंच दाम विशात वर गायन मोहनप्रत
ब्रह्मा रचौ तिन मध गायन गुमी जन गाबत तिनके
हरत दुखदन्दन॥
एक निर्तत निर्तत लास ताण्डव रंग भावन एक वन
बावत वन्दिक पंडित कर कवि सरस पूरण चन्दन।
शाह औरंगजेब जगत-पीर-हरण लोक तारे
निस्तारे फन्देही रहत दुख दारिद्रके गंजन॥

[5]

मोहै साहबी साहब सुलतान औरंगजेब जाहीकों
जे परम वली महासावर महाजान
साहजहाँ-नन्दनके दरवार भई भीर नृपनकी
अतिते पावत खिलत गुनीजन देत अशीसप्राण॥
जुग जुग जीवो अकबर-वंश कल्पवृक्ष जगत शिरखाँन॥

[6]

अतिबुध कारीगर रच पचके सुनखत वखत
वली करन तखत अनुपम बनाए।
जहाँ लगे रतन जड़ित गुण सबगुणके पुनि चिन्तामणि
कामधेनकों एसे नगनकों कापै जाय मोल मनाए॥
सो गावत बजावत निरत करन लगे जहाँ तहाँ हीर
चीर आरायश और नगन जड़ित खंभन नील

जर वाफ तारी तनावन बनाय वनाए।
शुभघरी साध बन बैठो मध नायक दिल्लीपतिकों
जेवदा औरंगजेब पातसाही सबन आशीस दई सब
गुणीनको दुख दारिद्र हनाए॥

[7]

एरीए वह हमसों रहन लागे है हमको
माने पहचान नाहीं।
उनकी पीतको कछु अन्तर परे ताको
विलग न मानो याही॥
भूलेहूँ न कह्यो जाय कही जब तब दरस परस में
कहूँते हम तुम एसी निबाही।
जैसी कछु निभइ तैसी तुम देखहुँ अपने
प्यारे औरंगजेब सो तुही क्योन दृष्ट जोही॥

[8]

तोहि अति भावेरी शाह औरंगजेब उजारो।
दरस देखेते रोमरोम सुख होतहै डर होत हेरी
दुख अधियारो॥
एक रसना अस्तुति कैसे करों कही जाय
प्राणहूँ ते प्यारो।
राखोंगी हियमें दुराय कर नेक न करहों न्यारो॥

[9]

तुव गुण रवि उदै कीनो याही तें कहत तुमकों
बाई उदैपुरी।
अनगिन गुण गायन के अलाप विस्तार सुर जोत
दीपक जो तोलों सों विद्या है दुरी॥
जब जब गावत तब तब रससमुद्र लहरे उपजावत
एसी सरस्वती कौन कों फुरी।
जानन मन जान शाह औरंगजेब रीझ रहे याही तें
कहत तुमकों विद्यारूप चातुरी॥

[10]

अब घरी आवत हैरी लाल माईरी अबधको दिन आज।
वेग प्रफुलित भयो सुगन्ध मंजन कर कर आभूषण
वसन बनाय पहरे प्यारी तबही अरगजा भेटत
लगाए जब होवै मन भावतो काज॥
यह देखो वे गए मनमोहन वलमा अन्तरयामी
खामी करवन वरण कारण विरहन कारण तेरे
अनगन मानो पतितन को दीनो सुखसमाज।
शाह औरंगजेब जीनी गलेहो लगाय कीनी निहाल
तोहै वाल दोनों ढिग विव सुहाग भाग आनन्द राज॥

[11]

बहोत भावत है वह तुमे होई नीके कर जानत।
इतनो तोइ कान करो तुम एसी न बूझिये
जो मेहेही आगे बाइ को नाम ठानत
दैया कैसे अपनी टेक के नेकइ लाज जोयमें नहीं आनत
शाह औरंगजेब बहोत भलेहो हौं बौरी जे यो बात बखानत॥

आजमशाह की कविताएँ

[1]

प्रगट चतुर वरने नारी तेरे किधों खंजन कमल
फसे कहे कटाक्ष मात पिता मुख सुखसागर जे
पंकज कछाय सरोवर में मीन करत कलोल।
किधों चन्द हे सुतन गोदन बैठो कजरी भौंहें
डाड़ी कर पुतरी न होय दोउ पल कीनो आलीरी
तामेरी विध अनूप रूप जीवनन छवि तोल॥
मुख सुख सलिता बिच दोना व फिरत भाव भरी
वरनी चोप सोहत किधों जुग कुरंग
फन्दे ही अंजन फंफ खुलत न खोल।
किधों जुगल मंजीर पलक पाट मूँदत खोलत
काम भण्डारी साह आजम के हुकमते तोल
देत जात विंब कटाक्ष हीरा मुक्ता हलसों
तोल तोल मोल अमोल॥

[2]

गौरी ईश्वरी शिवा भवानी आनन्द देजै।
रुद्राणी सर्वाणी सर्वमंगला मृड़ानी मैनका
दारिद्र भंजै॥
दक्षणी उमा कात्यानी सुवर्णा पार्वती दुर्गाराणी
तिहूँ लोकमानी मन विचक्रम तजै।
चण्डिका अम्बिका आरजा गिरिजा मेनकात्मजा
निरमोल सेवकको अनेक विद्या कर सजै।
जो रीझे शाह आजम सुजान नरेन्द्र और होय
सुदा सभा में जय॥

[3]

भस्म भूषण अंग चर्चित गंग शिखर बहुर रूप शिवजी
गाण्डवर में डमरू बाजत फुँकत फणेश भारी।
योग युगत ज्ञाता शिव सत स्वरूप शंकर शतकंठ
कण्ठा गर विषनागन वरण राजत पद्मासन
ध्यान धरत भक्तरूप अवतारी॥
यती शती जंगम योगी नबी संन्यासी दुग्धधारी
अघोरी उर्द्धवाहु अवाकर और दूतन गण कर
पिणाक कर आदेश करत है आचारी।
धन धन धन महादेव सिद्धदेव देवन रिद्धसिद्ध दाता
शाहन शाह शाह आजम को होय सुखकारी॥

[4]

निपट कर जो दुराव करत मोसों हौं नहीं जानत
पीय अधिक चतुर तुमही और हौंही अयानी।
कोटि यतन करत है तिन गुण कर प्यारे तुम्हारे
देखीयत जे करत फिरत घर घर मनमथके वस
जपो तिया अंग अंग रंग करत वहु ज्ञानी॥
अटपटी पाग पेच लट पटे कीन्हे बोलत मन्द वचन
चक कहत कहानी।
शाहआजम विचित्र छत्रपति की बातें तेऊ मेरे
जान पाई तब त्योहीं मुवारकना आवत तुमारी
गत हम मन विच क्रम कर पहचानी॥

[5]

झगरा मैं क्यों ठानोंगी पिया मोरा इन
सोतनियाँ वश कीनो।
तुम विन मेरो और कौन है ऐसो सुघर प्रवीनो॥
याइ वास को वसवो कठिन हे सौतनके आधीनो।
आज़म पिया सों विनती करत है मैं तेरे ही रंगभीनी॥

[6]

बार-बार बरजी तोंहि यै कोंन चतुराई।
ज्यों-ज्यों प्यारे की प्रकृति, त्यों हीं पेंच लए याही में बड़ाई॥
धन तेरौ रूप, सुहाग, भाग जाँनें, सौतिन्ह घट लागत माई।
'साह आजम' कहत री धन तेरौ लैहनों, तेरी कृपा सुखदाई॥

[7]

वारण निरवारीरो आलो नवसत सिंगार सों
प्यारी मोह लियो चोपन अत निरख निरख मारग
रहे जो तुव तन।
दिरगन अंजन खंजन देहमेंजन कर कर भूषण पहरे
प्यारी बेग वस कर ले तू रूप जीवन गुणवान कवन॥
पिय समीप तुव बिन पल पल वरखसे जात हैं
क्यों न जाय अपने रस पगाय अनुराग बढ़ाय ले हो उन मन।
साह आजमको प्यारी तेरे जोर सकल सोते रहे
दबजाय ऐसे जैसे दब जात तरैयन जीत शशी-उदय होत गगन॥

'मोजमशाह' शाहआलम बहादुरशाह की कविताएँ

[1]

मुवारक जशन नौरोज नयो जातें भयो जनम श्रवण
कींजो पुनि देखो उदै दिल्ली तखतको।
कोटि कहत धन हमज्यों इच्छा भई सबनकी विधना
राखे राज कायम साह आलम वादसाह प्रथीपतिको।
आनन्द हुलामन गुणीजन गावत बजावत पावत जरी
सरोपाव तुरंग पावै हम तुमतें समरथ रविरथकों।
अशीस देत सुरभावन अटल रहे तुमरि अव्वा
कीनों तुमकों सजाई सदा रहो हिम्मतकों॥

[2]

बतीयाँ दिन गिनत हारी कठिन भई करपल्लवरी अब कौन
सों कहोंरी में यह दुख बतीयाँ।
कोलों धीरज धरों अपराध न पीत लगन न आदख
होरी धन धन मेरी निठुर छतीयाँ॥
जौलों दरशन देखूँ प्राणपति को तौलों आनन्द लहों
आलीरी वस सुप्यास केसी होत कहा भयो जो पीय
पठाई पतियाँ।
शाह आलम शाह के बिन मिले कहा ठाकुर होत है
और दूसरे अब आवतरी बैरन रतीयाँ॥

[3]

अब तुम जागो क्योंन मोरे मीत
पियरवा हमारी प्रीत तुम सन लागी।

नींदके माते साहआलम सुरजनुमा भव
नुमा सगरी रैन रंग रस पागी॥

[4]

तुमारी असवारी बहो दल भारी के सुनत सोच
भयो अति भुव गिर नाव सुर सिन्ध पावत यह
हम कौन गत चतुर दल चलेंगे जब।
भुव कहे चलो दल तब हालो दलवर शेषकमठ
वृषभ दै दै और राखे न सम्भार देहै डार गिरके
जो गड गड़ गफ सेवे चार खोरतार और दव॥
नभ कहे चल मोहे दूत बराबर पठेहै कंकर
नाहन वाय उड़ाय दए सूर कहे प्रताप तेज जीत लेहै
सुतीर काजे सोतो पान चलो रहो न जाय हैहै सब।
सुभ नखत वली वखत वैठो पातसाह साह आलम
जग जीतवेकों आएहै अब॥

मुइजउद्दीन जहाँदारशाह 'मौज' की कविताएँ

[1]

मोरे गरवाँ फुलवनको हरवा।
रात चोर चोरी आन कर डार गयो प्यारसे सुन्दर मीत पियरवा॥
हौंतो ऐसी नींदकी माती करवटीयाँ न लई सारी रतवा।
नेक जागती जो अपनी मौजसे न छोड़ती में उनको अचरवा॥

[2]

कौन जानेरी सखी मनकी बात विरानी।
भली बुरी बीततहै जापै वोही बहे पहिचानी॥
मार विरहकी सोई जानै जाके लगो तन मानै।
मौज इस राहमें बहोत गए हैं मल मल हाथ सयाने॥

[3]

कीनो एसो सर तुव कर वर वर वर डर काटे अपार और दीनो बिड़ार।
सैन भर कमठमानी अरु शेष डगे मोली सडार॥
खल कमव्यो इन्द्र गहत माया कीजिए जिय डर जब सुने बाजे इन्द्र बजावत कीढार।
अतपे वरषा डर बरषायो अधिकर एसी मची मार॥
एक गैरन चाहे जाय कनकी बाद भजी जातरो लार।
मिटि डार उड़ प्रवल उड़गए जित तित जुतें न

लगत वय पड़त चरण कीरत चल महावली साह मौजदीन लीजिए पग पर वार जो जगमें प्रतक्ष राम अवतार॥

[4]

सोवतही सपने चोंक परी तबही
नैनन उघर गई अब क्या करूँरी।
पलक मून्द अंवर ढाँक ध्यान लाए
वाइसे वाकी सूरत मिलो अंग भरूँरी॥
सपने सजन मिलन वस भए
यह नैन वैरी मेरे इनसे लरूँरी।
साहब सुन्दर मौज बखान अबके जो पिया पावै
आवेंगे मेरे दौर पायन परूँरी॥

[5]

यह जग दरशन का मेला है जो तूँ आया है यहाँ तो कुछ देख भाल चल फिर मिल जुल हँस बोल बता ले खा पी इस कारण सबको एकठोर सकेला है।
इस मन्दिर बिचमें रखता क्या रंग विरंग मूरत है हिरदे से तनक परख तूँ इन मूरतों में क्या क्या सूरत है॥
धन उस कारीगरको जिसने इन अपने हाथ बनाया है गुण ज्ञान जीवन छवि रंग रूपमें हरएक आप नबेला है।
जबलों सब यहाँका है तबलों शहर है बाग बहार है मन आनन्दे और चैन करत हैं लहरें मारे है यह सुखका समया और सगरे यह देखन हारे आजी हैं कल आप आप कों चल जायगा एकही कांवे अकेला है॥
ए जो देखे है तूँ आपसमें यहाँ एक से एकका है नाता कोई बाप बना कोई बेटा है कोई चचा भतीजा कहलाता है।

कोई मियाँ अपनें को जाने है, कोई दास आपकों माने है कोई, पीर मुरीद कहाता है कोई गुरु कोई चेला है।
जिस दम यह अपना रस्ता गह जावे गए दोस्त निशबत ना है यब यहाँ के यहाँ ही रह जावेंगे यह बूँदें जिन दरियोंकी हैं जब मौजसे वह मिल जावेंगे फिर तो कुछ ठंडा है न उसन है बखेड़ा झगड़ा है न झमेला है॥

[6]

हाँजी मैं तो काँई जाणा छे राज थारी नगरीरो बाट
भूला भूला फिराँ छे या जगरे माह
थारो नाम जपाछाँ मुख पाठ॥
हाँजी म्हारा अपनी मौज सों पूरन कर दे थाट॥

[7]

मन हर लीनो मेरो इन साँबलियाने मोपै डारके प्रेम प्रीतको फेरो।
जिन देखे मोहे कलन परत है सुनरी सखी कैसी करिये बाकी तो सूरत छवि हित चितमें बसतहै नैनमें फिरत रहत घरी पल छिन अब नहीं छूटे अपनी मौजसे कोऊ कही बहुतेरो॥

[8]

भोरइ भवा मइका नीक सगुनवा आवेंगे पियरवा मन्दिर सखीरी मोरी पहर सिंगरवा करहु भेंट जीवनवा।
मौज भई जियरा सुख पाइली आनन्द से चमक रह्यो धाम अंगनवा॥

मोहम्मदशाह की कविताएँ

[1]

होरी की ऋतु आई सखी री चलो पिया पै
खेलिए होरी।
अबीर गुलाल उड़ावत आवत शिरपर गागर
रस की भरी री।
महम्मद शा सब मिल मिल खेलै मुख पर अबीर
मलो री॥

[2]

आओ बलमजी हमारे डेरे अबीर गुलाल मलो मुख
तेरे होरीके दिनन मोसे मत उरझे रे।
जो पिया मोसे रूस रहे हो बलि बलि जाऊँ सब ही
घने रे।
महम्मद शा पिया सदाही रंगीले दूर न
बसो बसो मोरे नेरे।

[3]

निश नींद न आवे न भावे मोकों पिया बिन सेज।
जैसी सदा रंगीली चाँदनी तैसेही आभूषण ते वनिता बन आई
या समय 'महम्मद सा' सुन्दर को कोऊ देहो भेज॥

[4]

मैं तो लाई केसर रंग भरके छिरकत रंग
हुलस पिय हरखे।

अपने री अपने रंग बनाय लाई अरे लाला डोरी
बनी वा के कर से।
महम्मद शा पिया सदा ही रँगीले फगुवा लूँगी मैं
झगरके॥

[5]

ऐसें देखियतु लालँन, जागे भाग हमारे आज रस-भींने।
एक बसंत जाँन सब कों उतै देखत, कृपा ते करि सुगंध नबींने॥
उदै भऐं गरभ दोऊँ औ रीते आए, अंजन अधर लगाइ लींने।
'सदाँरंग' महम्मद शाह छबि-नायक, या ते मन बस कींने॥

[6]

नित सुमरन करतहै ए सखि ए तिहारे शरन
मों मन नयनको सुखदीजे।
महम्मद शा पिया इतनी मिनती मोरी
सदा रंगकी सुन लीजे॥

[7]

एक पलछिन कबह न बिसरे माई
लालन नित नयनन आगे ठाढ़े रहें॥
अवनन सुन तुरत रस उपज्यो मोंमन आगे
सदा रंगीले महम्मद शा कहै सो वन्दीकरे॥

[8]

मेरे मियाँ सारी रयन अनत जागी
लोग जरवा बाजत आए।
चन्द उदीत गवन न कीज्ये महम्मद शा आए॥

[9]

साह आलम लुत्फ कियो तोपर सदा।
बेग उठ चल हिल मिलरी बानक जिन होय नजदा॥

सुबही अंगन तूतो भाई बेऊ हैं गुणरूप सदा।
साहनसाह महम्मद दिगर गदा॥

[10]

[एक]

लाल मदमाते वन वन खेलत फाग
छिप छिप लुक लुक देतहो तारी गावत टोड़ी राग॥
बाजत मृदंग चंग संगतसों ठाय भेदकी लाग।
सदारंग रिझवार सुनतही होरी लग्यो वारन पाग॥

[दो]

अबके होरीमें प्यारी लरवे को यह समान तैने कीने।
ढफ ढाल नोलासी खड़ग गहे सौतिनके गुमान सुभट मारदीने॥
मृदंग तोप गेंदा गुलाल धूम ताकी अवाज ते गरुड़ गढ़ छीने।
महम्मद साहके सुहाग बढ़ो याते अनहितुअनके झुण्ड मुख मोर फेर दीने॥

[11]

चिकनीया मोरा संग न छाड़ई
अरे वलम कहा करूँ कित जाऊँ।
वाट घाट मोहे रोके टोके बरजो नमाने ढीट लंगरवा
सुनले वाको सदारंगीले महम्मदस नाऊँ॥

[12]

जीवली म्हारा लाड़लस जुग जुग
नित नित तुम जीवो करो।
रवि ससिलो चतुर सहत सुघर संगत सी
सदा रंग करो॥

[13]

मलीयारे तोरी बारी फूल रही महकाय
अबतो मो मनही लालते यों ठहरी कब
मिलेंगे सदारँगीले महम्मद शाय॥

[14]

मैड़ी आज जीदी वेमीयाँ कोई नहीं सुणदा
जिथ वलजाय पुकारा मियाँ।
महम्मद शाह सदा रंग दीतु साथाँई कहाणी ए
पै दादनी देदानी हूँ कारा मियाँ॥

[15]

पातुकवा मोरे हमरे मुखकी
इतनी जाय कहियो विसर गए सब बतीयाँ।
और सन्देसो इतनो जाय कहियो कहूँ
न पठई पतीयाँ॥
जीवे जो तुमरा लाड़ला जुग जुग नित नित
राज करो कोटि वरसलो महम्मदसा पातसाह।
चकता तोहे नूर सलामत यह अशीस
हम तुमको दीनी सब गुणीयन को
दियो करीर चतुर सहित सम्पत सदारंग चाह॥

[16]

आज सो दिन छपा करि हो हम जानिएरी।
तू जगनिस्तारन अन्तरयामी अदा रंग को
सदारंग कीजिए अपनी पीतरी॥

[17]

धाय मिलूँ जब आवै मोरे घर महम्मदसा
प्यारा गर धाय।
गाय बजाय नीकी तानसे मेरा मन बस कर

रहिलवा धाय मृदंगसें भेद परे धाकिट् धुमकिट
तक्धितिलानागिड़धाएरेधाय॥

[18]

आजरे महम्मदसा आनन्द वधावरा
में पूजीरे मन के काज।
तन मन धन आइला सजनी वनरा आइली
सदा रँगीली मोरे आज॥

[19]

हम योगी परदेशी हमारा गुण औगुण न चित धरिए
जो कछु चूक परी प्यारे तुमही देहो वताय।
भिच्छा माँगूँ तोरी नगरीया और डगरिया जानन
पाऊँ सदा रँगीले महम्मदसा पिया तुमही वाहिको देहु मिलाय॥

[20]

फरकीले भुजवा माई अनुआइरी।
मिलने कारण पीने तरसाई जियरवा उन बिन जबते
सदा रँगीले महम्मद सा की बात पाईरी॥

[21]

मेरी निती उनसे जाय कहो पतंगवा।
लिख पतियाँ महम्मद सा कों भेजो सदा रँगीले
जबते न आवो सन्देशवा॥

[22]

हमइं छाड़ गए सोतन के घर एरी सुनो ननदीया।
सदारंग विन कल न परत है पीसो
मोकों मिलावे ननदीया॥

[23]

[एक]

याही दरवाजबा ठाढ़ी ले दरवानु
तनक शरण होरि सहवसन भेटवा।
नवीय चली महम्म्द संग वाले चलो
मोरी बहिया पकर अच्छेरे सहवासन भेटवा॥

[दो]

वेतो आई वसन्तकी मुवारकी देन
सेवकको गाय बजाय रिझाय वीन।
महम्मदसा तेरे दरवार सदा रंगीले छाजै निजामदीन॥

[24]

फरकई भुजबा बाई मिलने कारण पिया
संग गईली।
तरसे तरसे जियरबा उन विन जबतें
सदा रंगीले महमदसा की बात पाईली॥

[25]

महम्मद शा पातशा आज हम सन तुम सन
भेंट भई कजवा असवा चौंक पूजीले।
जीवउ जागउ कोटि र्वानो भेंटवा तुमरे
कायम दायम रहो सदारंगके मनके चित्त पूजीले॥

[26]

नवरोज तखत मुबारक होवै तुमको महमद शा
जुग जुग नित नित जशन नयो।
विकामै तो वरदाहमाकार उस खुदविन्द वेती
निगदार तो नयो॥

[27]

प्यारी वनरी तेरा प्यारा वनरा अब बन आया। (माई)
मोतीयन चोक पुरावो शीश सेहरा बंधावो
सदा रंगीला महम्मद सा वर पाया॥

[28]

किरपा करोरे मोमन सइयाँ तन मन धन
नोछावर करहूँ परहूँ पइयाँ।
महम्मदसा सुजान अब कहि भाग हमारे जागे
लेहु वलैया सुरजन सइयाँ॥

[29]

[एक]

अबतो नेहा लागीला मोरा हामा लागिला मा
महम्मदसा सुन्दरसन।
अपने में सो पे नोछावर करहूँ तन-मन-धन॥

[दो]

भोर के मिलन वनिलवा मोरी मा पीतमसनवा
रहम मन्दर वाले मन्दिलरा।
आवो गावो नाचो सब सखी सहेली
सदारंग गरे लाग भेटलवा॥

[तीन]

बरसे नूर हजरत खाज कुतबदीनके दरबार
उनही पे क्यों न माँगे सदारंग करत कष्ट सब च्छार॥

[चार]

तेरेही रित वावरी गईरे बुन्दरीया बरसे पियरवा
झरवा डारे अमराइया।
देख बदरीया चोंक परी मनमें हमरे
सदारंग सो मिलाइया॥

[30]

बरजोरीए लोगवा माई मिलन नदे पियरवा सों
कौन भाँति पिबाऊँ मधवा भरभर सरवा।
सदा रंग विन जीउ उरावै लाज आवै छतीयाँ
कुमलाना हरवा॥

[31]

[एक]

महम्मद सा पातसा आज हम मन तुम सन
भेंट भइली कोटि वरस सुरजनुवा करवा सब पुजीला
जीवो जागो कोटि वरस लों ढौटवा तुमारे
कायम दायम इहै सदा रंगीले कर मन चीते हुजीला॥

[दो]

तुम विन मोरी यह गत भईरी कलन परत घरी पल
छिन मोंकों तलफत जीय बहुत दुख सहीरी।
सदारंग जिन जावो विदेशवा घरवा
बैठ रहो सु अतिहौ पाईरी॥

[तीन]

वीर सोना वराहो सुधार जो मोरी होवै
इन लोगन में नेक न घटाई
जो तुम एसो यंत्री रे फूँक नीके सुहाग बढ़े
सदारंग संग सुहागन चाई॥

[चार]

मेरा देहो रंगाय बाबुल चोला।
जैसी रंगीली पियकी पगरी तैसेही
मोती लागे सदारंग अनमोला॥

[32]

मलीयारे तोरी वारी फूल रहीली सुगन्ध लाय।
अबतो मो मन लालसा एसी वलमि कब मिलेंगे
सदारँगीले महम्मद साय॥

[33]

मोरे कँथा आन मिलावो पल छिन मोरे संगवा
नेह लगीलो तुमरे सुघर महम्मदसा
नेकन लागीलो अंगवा॥

[34]

[एक]

गोकुल गामको छोहरारे वरसाँने की नार
यह दोऊन मन मोह लियोहै रहे सदारंग निहार॥

[दो]

एरे हारे लोगवा मनमें रहली पिय मिलवेकी बात।
यह दुखवा में कासे कहूँरे बिन सदारंग
जिया निकस जात।

[तीन]

ढोलन मैडे घर आमिवे सोणा मीया तो
मैवी ताडे सदके जावाँ।
मुख वेखाँ तोमें जीवाँ सदारँगीले दरस ताआँ पावाँ॥

[चार]

मार हमन गावहुरे मंगल चार याह वनरा आया।
इच्छरीया सब पूजी मनकी सदारँगीले
महम्मदसा वर पाया॥

[35]

अरे मोरे बमनारे सगुण विचार मेरे सइयाँ
को मिलना कहदे कब होवेगा।
घरी घरी पूँछे सदारँगीले महम्मदसा दिन
चाव चढ़ावैगा॥

[36]

[एक]

सुघर सुन्दरवा वालमुवारे मोकों देहो
पायलिया घड़ाय।
झनक मनक नेवरियाँ बोले विछुवनकी झनकार
सदारंगीले महम्मदसा पिय रहस गर लाय॥

[दो]

अबतो सुनले वनके पपीहा तू पिउ पिउ
पिउ पिउ जिन बोलो।
सदारंग पिया पाती न पठाई छाय रहे अज होलो॥

[तीन]

आज श्यामसुन्दरवा चितके हरवा सुघर चतुरवा
मनकेभवना आवै।
उन विन कछन सोहवै न भावै घरो पल छिन
मोकों विरह सतावै॥
काग उड़ावत वहीयाँ थक गई निश दिन जुग सम
सेज न चहावै।
सदारंग भरे कान झनकवा वेग दरसवा दिखावै॥

[चार]

अरे मोरे मनके भीतरे मोरे मीत पियरवारे कासन
कहिए दुखवा जाय।
सदारंगीले महम्मदसा पिय जब आवें तब मिलोंगी धाय॥

[37]

उन विन मोकों कलन परत है सुनरी मोरी
माय घरी पल छिन जुग सम वीतत है धरहीं
उनके पाय।
सदारंग विन कछन सुहावै नाहिन भावै मोकों
सजनी कैसे रजनी विहाय॥

[38]

मन्दिलरा तू बाजरे बाजु मन्दिलरा सब सहेली
मिल वरण वरण वसन साज।
सात सखी मिल देही मुवारकी महम्मदसा घर काज॥

[39]

हो मेड़ा हाल सदारंगीले महम्मदसा प्यारे
तिखियाँ निगाह भोहों जटियाँ पलकाँ नाला मीयाँ
सबे जिन्द वक्स लेवे कों टारे॥

[40]

तैंड़े येषणदा हो रहो मैड़ा हाल
सदारंगीले महम्मदसा प्यारे।
तिखीयाँ निगाह भों हो जटीयाँ पलका नाला मीयाँ
सवे जिन्द बकस लेवे कों टारे॥

[41]

सुरजन जिन छाड़िए महम्मदसा पीर हरनकी देहली।
देखत कों सब दुखवा गइला सदारंग तन सुखवा
भइला एसी निभाय लईरी पीत पहली॥

[42]

अबतो नेह नजर ही राखे बने प्यारे।
तुमरी मया तें जग जीवत नित महम्मदसा
सदारंग कों देत सुख न्यारे॥

[43]

जाजारे अपने मन्दिरवा सुन पावैगी सास ननदीया
सुनहो सदारंग तुम कों चाहत है क्या तुम हमकों
छोड़ दीया॥

[44]

लालकी बास आवत हेरी तेरे अंग।
मानो मिल आवत है महम्मदशा सों पूँछत कहत हित तंग॥

[45]

मेरा अलवेला मीत पियरवा।
लाड गहेला अतही नवेला सदारंग सब खेल खेला
सामैं कर राखूँगी हार हमेलाँ॥

[46]

एतू मोरारे सुरजनुवा घर आव तोरे कारण मोरा
जीउ तरसाई।
वटवा कटवाके भेटवा हो बंदौइं सदारँगीले
महम्मद सा जानै ना देहों फेंट गई राखो कर सोही॥

[47]

दरवा देहों मोरे कंथ पिया मोरा नाहीं पास।
बिछुरे मिले आज सदारँगीले पूजिले कही मेरे
मनकी आस॥

[48]

अत तो नेह नजर हो रखरी ये बने प्यार।
तुम्हारी दयाते जग जीवत नित महम्मद सा
रंगीले लाल सबको सुख देत नयारे॥

[49]

साहब मेराहै बहीरंगी हौं बलजाई।
जहाँ तहाँ सब घट रमरही हरघटमें हरिजीकी परछाईं॥
आपही लाला आपही मियाँ आपो सेवक आपी गुसाँई।
महम्मदसा पिया श्याम-सुन्दरकों जोलों जिओं तोलों यश गाऊँ॥

[50]

सुरत लागीली गोरीरे पीउ तुमी
सार आवो गरवा लाग मीले।
सदारँगीले महमद साह पियरवा नेक चल मो ढिग
मंदर बैठो जो सुख पावै हितू अनहितू देख जले॥

[51]

पीतम नैणोरी कटारी हो राज।
हतियन राज सम्भालो हो कलेजे म्हाँणे॥
महम्मद सा पिया हमारे डेरे आइली
थे तो म्हारी लाज सँवारी हो राज कड़ेजे॥
बालम राज गाढ़ो रंग माने छे॥
दूलो पूत पठानरा राज मुड़े शबज कमानी सैला राज
तू सुणरे म्हारा वारीके भँवरा रैन घनरो रंग मानेछे॥

[52]

नींदकी माती गई सोय अरी ए में ना जानूँ काँई।
महम्मद सा पिया मोरे डेरे आइली
राखती में नेणवा दीय अरी ?॥

[53]

एरी मैं तो लाग रही चरण।
महमद शा पिया सदारंगीले जन्म जन्म हो शरण॥

[54]

सूरत लागी रे बलमा पिया और आवो गरवा लाग
मिले।
सदारंग महमद शास रुक ढिग मन्दिर बैठे तब
सुख पावे हैं आनन्द दोऊ जने॥

[55]

कौन देख पीउ गइल वा मा।
वहाँ माई में चलीं सदारंग परदेश॥

[56]

तुम्हारे विन कोई नहीं हमारे जो चाहे सो करा
तू घरी भर में रहीम सतार जब्बार ज़ुलफ़कार।
अपनी करक लीनी मोरी बहियाँ पिय रखा कर
कलह बोलन लागे दादुर झिंगरवा
दादुर मोरे पपीहा बोले और झिंगरवा सदारँगीले
पायल बाजे छाँड़ दे लंगरवा॥

[57]

जे तिय ते सब ठाड़ी भई आप आप गड़वा बनाय
आगे धर दीने।
महम्मद शाह दक्षिण के लक्षण क्षणकमें टोनासों
मन वश कर लीने।
डफ वीणा मृदंग रबाज गावत तान नवीने।
सदारंग रंगन में भी़जे बाल लाल सम लीने।

[58]

हों तोको कौन सीख दे हों री नागर।
तू तो होरी में अत छिन छिन में रिगसावै
उनके मनही में सब रसगुण के आगर॥
अब तुम मान गहे राखी सखी ए रिझए प्रेमसागर।
अबके मुहम्मद शाह कोऊ मनाय ले आवे तो
भरूँगी री कची गागर॥

अहमदशाह की कविताएँ

[1]

करीम रहीम अब चल पातसाही तुम कोनें करतारके।
धन करम जान आए खिदमत में तुमारी सब सरस भट आवत संसारके॥
जैसी नीमरुद भूलो आपन तन सम मकरन लागा मकत आगे साहकी भारके।
अहमदशाह राज करो कोटि वरसलों आलम हुसैनन के सिपाई सरकारके॥

[2]

अयत विंब उठजा घर मत छुवे मैडा हाथ।
चढ़े इश्क देकै कहै उतर शिरदे हाथ॥
इश्क खेतसों नाटरे आबै बैठ उसास।
चश्म चोटसे शिर उड़े उड़ चाले शावास॥
चलनाहै रहना नहीं चलना विसवा बीस।
अहम्मद सहेज सुहाग पै कौन गुँधावे शीश॥

[3]

तनकी तनक सराय में किनइ ना पायो चैन।
शाम नगारा कूँचका बाजतहै दिन रैन॥
को रूप देखके चित न रहा एक ठोर।
अहमद अपनें मीतकी वह चितवन कछु और॥

[4]

तुंही मुराद करो मन भावन।
दिन दिन सुहाग बढ़े लाड़ले दुलहा कोते
अब वसकर पायोहै लाड़ लड़ावन॥
विनती सुन लीजो कान धर हमारी
अहमदसा बादसाह प्यारे मनभावन।
होंजी धरतीपै मेघ वरषत तैसे वरसे वरषका चाहिए
मोपरज्यों सावन हरो भरो डह डहो देखो करो
लागी रहों तिहारीहै दावन।
कहत सुरभावन नाम धरो नीको तिहारे
नामते निहाल होत मोसी करोरन वामन॥

[5]

घटानें छोड़ी लटा बूँदनकी अब कहा रोऊँ माई।
बिजरी चमके कोयल कुहुक कुहुक डरावै॥
रंगरस भरे अहमदसा कों देख री मेरो ध्यान बटावै॥

अजीज अल-दीन आलमगीर की कविताएँ

[1]

पैरनको विछुवा सहजनहीं हौं
भई तुमारे दरश विन मानो मीन विन नीर।
हिए धरत न धरी औसु करत भीर
रोके नाही जाय एतो गहर गम्भीर॥
च्यार दिन में जाय चइ देश में तेग विजय
वेगमिलोगे आयवीर जवदास
आलमगीर होसो च्यार द्रगकोरज
जितो तिहारे काजपर आवै वधसीस
तेरो ताजराखुतो तुमारे मानो वजीर॥

[2]

हिन्द में आनन्द भयो कोटि दुरजन गए
बैठे तखत वली आलमगीर सानी।
बाजे निशान फहरान सुने गढ़पति
फरर नई गई धाक डर हुकम मानी॥
आगे चहुँ ओरको ते मिलत कों जोर जोर
आगे चहुँ डोला दार सुघर रानी।
अदल अदलो उनसपत अदाहंग
कहाँ लग कहुँ जाके कादर करीमकी महरवानी॥

[3]

मोहे सैन बुलावै बाँका मारुड़ा
मै कैसेकर आँउ तोरे ढिग आगे।

चाँदनी रात प्यारे मोरे ननद जेठानी देरनिया जागे॥
तोरी परछइ मइ लुकके अजीजदीनको समीप
कैसे आऊँ जो तुं चली श्याम वसन पहर आगे॥

[4]

पियाके संग एरी नार चौसर क्यों नहीं खेले।
इस अवसरको निपट मार जानो यह दिन है
तीन चार।
जो जीते तो पियको जीते हारे तो रहे पिया लार।
तेरी तो सब तरह जीत है जीत हेत न कर
शोच विचार॥
सात पाँचकी कँची पँची तो सोलह है हार।
दाव रखे सो रंग है वाको वोही जीते सौ बार॥
अब तो अदिया बन्द चले है कर है धों धन रार।
जब छक्के छूट जावेंगे तेरे सब क्या करोगे
खेलार॥
आठ याम इनकी सुध राखो यह जो खुले दश द्वार।
तेरी भलाई सजीमे प्यारकी कामकी ले नरद मार॥
और पाँच तिथि हैं पन्द्रह को निहार चंवदे भुवन
खुले तो को जब ते इनको सवार।
ग्रीष्म भरी ऋतुकी प्यास बुझावो दशें लगावो वार॥
निधिकी ऋद्धि सिद्धि हो तब हीं के जो तुझे है
अहंकार।
बारह हैं बाट अठारह हैं पैंड़ा और चालें हैं हज़ार॥
तू चल गुरुकी बताई चाल याही ते उतरेगी पार।
अब तू रंग कर रंग रही जो न करत तकरार॥
जाकीं जाको सत्रह सोलह है कौन करे
पिय को प्यार।
अब कुछ पासोमें पै पासा हाथ एकनके मुख़तार॥
चहिये कुछ और आवे कुछ और याहीते लाचार।
ऊपर चाल कब हूँ तो सूझे हमको कही मतवार
युग युग जिये अजीजदीन ऊपर उठना है
एकबार॥

[5]

सौतन के मन में एसी विधना चढ़ आवै मत अब जानी,
तुम हमको बसाय के बैठे किस बिध मिलना होय।
'अजीजदीन' उमग जात है जोबना और बह्यो जात है पानी ॥

अबुल मुज़फ़्फ़र जलालउद्दीन मुहम्मदशाह आलम सानी की कविताएँ 'नादिराते शाही' से

[क] सीठने

समधी ने समधन को जल्दी हाथ में ले दिखलाया
मोटा, ख़ासा बड़ा, सुनहरा, भला पलंग का पाया

समधन चाहे समधी का ले हाथ में अपने मोटा
कच्ची बूटी भावे नाँहीं, माँगे बड़ो निरोटा

पकड़ रही समधी का समधन, थी अपने वह गौं की
लम्बा, मोटा, ठहरा, बाँका, सकरकन्द ले हाथ में चौंकी

टेढ़ा, बाँका भावे नहीं, समधन खावे सीधा
एक दोय से खुशी न होवे, सौ दो सौ से बीधा

बैठ के समधी का समधन ने खड़ा देख ख़सख़ाना
समधी का फ़व्वारा छुटना, समधन का मुस्काना

आगा खोल दिखाया समधन एक दर अपना बड़ा
हँस हँस के समधी ने डाला साचक़ को सब ठाठ खड़ा

छाती दिखावे, आँख लड़ावे, बोलत बोल बढ़ावा
समधन आई समधी के धिग, लेकर हाथ चढ़ावा

समधन तेरी तंग बहुत है, सुन्दर सुघड़ अनूठी
अंगुरी जात नहीं है वा में, ऐसा लाल अंगूठी

समधन की सुकरी के अन्दर फँस के जावे सारा
वह समधी का ऊमी, गली में, घोड़ा सजा सिंगारा

काम भरी, अति रस मसी, आई समधन फूल
फूला फाला, दला मला, दीनो समधन फूल

समधन मलिक जमानी ने कहवे रात पुकार
समधी बस कर, अब मुझे फूलन गेंद न मार

समधन साहिब महल जब बोली "क्यों हमकूँ तुम छेड़ा ?"
वहीं हाथ समधी ने पकड़ा, मूँ में डाला पेड़ा

बैठ गई समधन समधी का खड़ा देख के डेरा
समधी ने डाला जब, चौंकी, पर्दे चिलवन घेरा

समधन के अति जी को भाया, समधी का लम्बा और मोटा
हँस हँस के और दौड़ दौड़ घड़ी घड़ी कहे सोटा

लख जुब्दतुज़्ज़मानी समधी को रीझी अच्छा लम्बा गोल
आबदार और तेज नुकीला ख़ंजर निपट अमोल

जब डाला समधी ने, तबहीं चौंक उठी समधन इकबारी
हार मज़ाख़ पड़ा उर में, और शादी के लोगों को आय पुकारी

समधन को देखन आया जी समधी का खोटा
ढूँढ़ी हाथ चलाय कर समधी का वह मोटा

समधन पै समधी चढ़ा सज बरात ले साथ
पकड़ाये वह आप नो बीड़ा समधन हाथ

साहिब महल जब बन ठन आई साजे सकल सिंगार
पकड़ हाथ समधी ने डाला गल फूलन का हार

समधन हौज़ किनारे बैठी देखे छुटना फुहारा
हँस हँस के समधी ने उस के हाथ दिया छुहारा

समधन से समधी यों बोला "मुझे अड़ाना आवे"
समधन बोली "मुझे चटापठ ताल सवारी भावे"

समधन के घर जुड़े बराती, आपस में कर धामक धूमा
जाम पिला शरबत के, सब ने मिरज़ा बाबा का मूँह चूमा

समधन समधी से यों बोली "मुझको लाकर उथे खिलाओ
सीधा लम्बा, मोटा, रस का पौंडा तुरत मँगाओ"

समधन हँस हँस हुलास से, समधी के सीस फिराया छत्र
समधी ने समधन की छाती बीच मला करने का अत्र

समधी का सब ले गई समधन शरबत आय
समधी दोनों हाथ में, लीनो मुँह से लाय

समधन के जब आगे रखा, और नहीं कुछ सोभा
हँस हँस के बैठी खावे समधन समधी का

[ख] होरी, कवित व दोहरा: वग़ैरा:

हों बरजोरी तो को तो बरजोरी लाय 'शाहे-आलम' सूँ खेलन के ढोरी
ले गुलाल अंगया भर दीनी, मुख ऊपर लाय गह अन्चर झक झोरी
तोरी तनी कन्चु की छोरी, बाँह मरोरी, कुच का रिहो कर सूँ आप घोरी
मेरी कहो न मानो तब सूँ, अब कैसे कहे री, राज करो ऐसी होरी

होरी खेलत, सरक सरक जात सारी, बार बार सँवारत सुघर नारी
नाचत प्यारी सुभ सवारी, बाजत तारी, घुँघरू की झनकारी
खेल मचा री, सर्ब बिसारी, कहूँ कहा री, आनन्द कारी, छब न्यारी
एके छोरत पिचकारी, एके नवलासी नारी फ़गवा माँगत दे दे गारी

जाओ जित जाबत हो तुम, हूँ अब तो चुप नाह रहूँगी
नोखे नये जो खिलार भये, तुम जैसी कहोगे, हूँ तैसी कहूँगी
छाड़ के लाज सखी की पिया की सूँ रावरे तो अब फेंट गहूँगी
एक सही और दो भी सही, पर तीसरी चोट न लाल सहूँगी

या होरी के दिन में सब गुनी मिल अच्छी नीको रंग सजायो
दफ़, मिरदंग, ढोलकी, माल, बीन रबाब और दायरा:, चंग मुँहचंग बजायो
अबीर, गुलाल, कुमकुमा, फूलन गेंदन सूँ अपने सब ही अंग बचायो
फेंट गह फगवा मागँत, "शाहे-आलम" संग यह ढंग मचायो

अंग भिजाय दियो पिचकारन सें, जावत हीं पकरो अंचरा है
खेलत हो पिय, रंग से खेलो, हाथ मेरो तुम क्यों पकरा है
खेलन कों जिय ताहि चहे, तुम छाँड़ो हमें, कछु को झगरा है
जाने न दूँ, जब जावे कहाँ तू, होरी नहीं? यह क्या नखरा है

पाय पड़ी निस जाय कहाँ तुम, पेच खुले यह पाग सँवारो
रैन दिनाँ जहाँ रंग मचाओ, वाही तिय के गेह सिधारो
खेल कछु नहीं जानत हूँ, पिया, मेरे तई तुम काहे निहारो
होरी को खेल लखयो न सुनयो जब जैसो यह खेल हो लाल पुकारो

अंग मेरो सब रंग भरो, सखि देत है मोहि को सौत रिसाई
खेलत होरी के कुच गहो, पिय, ऐसी डिठाई तो मो को न भाई
ऐसो खिलार बड़ो लगवार अबीर गुलाल से धूम मचाई
बहुती करी बिनती कर बाँध के, ता पे लाल पिचकार चलाई

आई आज खेलत सब नार अनमोली अबीर लिये भर झोली
भर भर मूठ गुलाल चलावत, सखी, दरक गई मोरी चोली
औरन सूँ तीखे बोलत, मो सूँ नित उठ करत बोली ठोली
"शाहे-आलम" संग कह, कैसे खेलूँ, री सजनी, अब मैं ऐसी होली

अनुराग है रंग भरो बहू भाँत छुटे रंग डोरी सुधार से झोरी
पिचकारी मन नीलम काजर है, तरुरी मद मूठी से छूटे न ढोरी
अजटाई गुलाल लिये पल फेंट अबीर है सिता कुमकुम गोरी
कर लाज बड़ी "शाहे-आलम" के संगत नैनन हीं में खेलत होरी

भाज फिरो तुम हात तिया से, कैसे खिलार हो, लाल, कहाओ
मेरे हो आठों जाम रहो, अब औरन के नहीं खेल को जाओ
अबीर, गुलाल ले झोरी भरो और मारन को क्यों दीठ बचाओ
आपस बीच जो होय गई, पिय, खेल की बातन काहू सुनाओ

गाढ़ी कुच गह गन्ठ लगाय मों, कीनी बहुत मैं झक झोरी
मुख मींडो मन भायों कीनो केसर केसर में मोहि बोरी
ऐसे चतुर खिलार लखे री सुन कीनो सभी की चोरी
कहा कहूँ, री सजनी, ''शाहे-आलम'' ने खेलत होरी मोरी बाँह मरोरी

लाल गुलाल लगयो लख बाल के लाल नहीं अंखयाँ रतनारी
भौंहें चढ़ाय के बैठ रही अन्खाय तें निवाय के प्यारी
बाँह गही हँस के ''शाहे-आलम'' जान के मान कियो हितकारी
रात रहे जहाँ जाईये तहाँ, मैं निहारत हूँगी राह तिहारी

अत्र, गुलाब, अरगला, चुवा, चन्दन सब हीं तुम नित अंग रचाओ
अबीर, गुलाल, कुमकुमा, केसर, राग और रंग, नाँच सुहायो
कौन है ऐसी वह प्यारी तिया हम को तब के मन वासूँ
साँची कहो, तुम मोसूँ पिया, या फाग के रंग में तुम कौनके चाहत जायो

धूम मचावत गावत राग अनेक चलावत है पिचकारें
और ही अंग पे घात लगावत और ही दीढ़ सूँ अंग निहारें
तोरत हार, हमेल, सबे और रंग रँगी अंगया गह भारें
लाल गुलाल, अबीर की मूठ ले, देख तिया छतियाँ तक मारे

क्यों छल छन्द करो इतने? चतुराई की बात सो मोहि न भावे
केसर सूँ अंग कों रंग आय हो लाग गरे कर के चित चावे
सोहन खाय गये हम सूँ तुम, कैसे जिया तुम सूँ पतियावे
कैसी मनाई यह होरी, लला, नख दाग़ कपोल पे नेक सुहावे

अबीर, गुलाल सूँ झोरी भरी अब रंग भरी पिचकारी लई है
खेलत होरी को नेह बढ़ा चतुराई सूँ खेल खिलार नई है
पीतम ने जब बाँह गही, उन सेती कही तब हा हा दई है
आवत आई कर चोट चलाय भिजाय के लाल को भाज गई है

तुम तो बड़ी हो चातुर खिलार, लालन तुम सूँ खेल मचाऊँ रंग भिजाऊँ
दफ़, ताल, मिरदंग, मुहमंग बजाऊँ, फाग सुनाऊँ, अनेक भाँत के भाव बताऊँ
चोवा, चन्दन, अबीर सगन्ध लगाऊँ, फेंट गहन कों धाऊँ, और तुम को रिझाऊँ
जब यह राग रंग ढंग मचाऊँ, तब देखूँ चतुराई, तुम्हारे जी को कैसे न भाऊँ

सुकच रही अपने जिय में अब सब सखियन मों बाँह मरोरी
मो सूँ कहो नैंन भर देखो, देखत बिसर गई सुध मोरी
जैसी करी आज हम सूँ तुम, तैसी कासूँ बात कहूँ यह बोरी
ऐ तुम होरी खिलार लालन मेरे काहे मींडन को करत हो बर जोरी

आज रंग खेल आई सकल ब्रज की नारी
चोवा, चन्दन, अबीर, गुलाल और पिचकारी रंग मारी

ऐ बनिता बन आई दफ़ मिरदंग बजाय गाय रुत बहार
फूलन के गड़वा बना लाई "शाहे-आलम" के दरबार

फूलीं सब डारियाँ भई हैं बहारियाँ नैनन निहारियाँ क्यारियाँ
लागें अत प्यारियाँ सो लेकर पिचकारियाँ और गावें गीत गारियाँ
सीस लिये गड़्वा फूलन को खेलत बसन्त नवलाइयाँ मारियाँ
सब मिल करें किलोल नारियाँ एक एक के संग दे दे तारियाँ

देत कहे यह अंजन की जो लीक पिया तुम अंग लगायो
"खेलत फाग लगी कहीं घात, अब साँच कहो कन रैन जगायो"
और के पेम को नेम छुटाय के, आपनो ही उन पेम पगायो
कौन तिया बड़ भागन है, जन फागन में तुमहे रंग भिगायो

अबीर, गुलाल अव फूल लिये कर बाजत तार सुहावन लागी
भूषन अंग सिंगार सजे सब खेलत खेल मिली अनुरागी
कुंजन में अली गुंजन लागी सबे वन कोयल कूकन लागी
आनन्द हुलास भये सब के मन, आई बसन्त भली रस पाली

फूल गुलाल, अबीर ले जी में कियो बिचार
खेलत होरी, लाल को लीजे गेंदन मार

रूपमती और रस भरी करके सबे सिंगार
आवत प्यारी बाल वह भरी रंग पिचकार

खेलत होरी मैं, पीतम नें, सखी, आज तो रंग सूँ भिजायो
दायरा: ढोलक अब दफ़, बाँसरी, ताल, मिरदंग, मुहचंग बजायो

खेल अबीर, गुलाल मचाय के काम घटा पी संग मचायो
कै बरजोरी लियो मुख मींड के बाँह गही अब उमंग हसायो

आज लौ काहू ने जानी नहीं कछू, चोरी ही चोरी में पीत जो जोरी
कैसी रही सब नन्द जिठानी मों, बाँह गहें जब आन के मारी
लाल को रंग में लाल करूँ, सख, कैसे भिजाऊँ हूँ सास की चोरी
लोग की लाज अब लाग नई, कहो, कैसे पिया संग खेलिये होरी

होरी में होरी कहो री सबे मिल गोरी उन्हें चल आज रिझावें
गारी दे तारी बजावत नारी घने रंग की बरखा बरखावें
फाग सिंगार सुहाग सूँ खेलन कूँ "शाहे-आलम" सूँ तिये आवें
कौन कलापच जी हे भला अब ला मिल रंग सूँ अंग भिजावें

सखी, भिजावन लाल कूँ बाढ़ी जिया उमंग
अबीर, गुलाल जोरी भई कर पिचकारी रंग

सभी बजावत आत हैं दफ़, दाइरा, मिरदंग
बसन बसन्ती फब रहें सुघर सलोनी रंग

माघ बीतत भई, रुत फागन आये, गुनी सब खेलत होरी
ले पिचकार भरें नर नार अबीर गुलाल लिये भर झोरी
लाज तजी घर लोगन की, सब खेलो निसंग हो, कौन की चोरी
गावत गीत, बजावय ताल, कहें मुख तें भरुवाहो जोरी

हार संवार सिंगार निकसीं खेलन फाग सबे मिल नारी
अबीर, गुलाल भरी होरी छोरी, दीठ बचा के गेन्द की मारी
दफ़, दाइरा, मिरदंग बजावें, गा गा सब देवत गारी
"शाहे-आलम" संग झूमर खेलें रंग भर के पिचकारी

अबीर, गुलाल के नादिर रंग सबी बरसावत आई
ताल, मिरदंग रस भीनी तिया मिल फाग को गाई
रंग फुहार परें चहुँ ओर, अब फूलन गेंद सूँ खेलत भाई
घात लगाय के आपस में मुख मींडन को सब लाल के धाई

माघ बीतत भई, रुत फागन आये, गुनी सब खेलत होरी
ले पिचकारी भरें नर नार अबीर गुलाल लिये भर झोरी
लाल तजी घर लोगन की, सब खेलो निसंग हो, कौन की चोरी
गावत गीत, बजावय ताल, कहें मुख तें भरुवाहो जोरी

नार नवेली की हाथ भली अत रंग भरी पिचकार सुहाई
खेलत हैं सब रंग भरी कहा आपस में कर के चतुराई
रीझ रहीं तब हीं सुन के, जब बाँसरी कान कन्हया बजाई
देखत लाल को फाग के खयाल को बाल अबीर, गुलाल ले धाई

अबीर, गुलाल सुगन्ध ले मुख मींडन को धाए
छल बल यों करती फिरे नैनन नैन लगाए

आवे उमंग सूँ खेल को पिचकारी कर लाए
पीतम सूँ बस ना चले, हा हा करती जाए

खेलत फाग को आई सबे बन, गावत है मिल साँवरी गोरी
लाई अबीर, गुलाल को खेलत केसर रंग सूँ अंग से बोरी
खेल सकूँ नहीं, लाज लगे, पिया, पाय परूँ, कहू बाँह मरोरी?
रंग सुरंग भरी "शाहे-आलम" के मन्दिर नीकी मची आज होरी

लाज छुटी, गुरह काज छुटयो, और बात खुली सब हीं मुख आनी
हास सहयो, उपहास सहयो, वर बास न देत है नन्द जिठानी
लोग चवाई सूँ नाम धराये के मैं अपनो मन दे पचतानी
नौज लगियो तुम सूँ अँखियाँ, पिया, लागे की सार नहीं तुम जानी

केसर रंग सूँ अंग हीं भीजे, अबीर, गुलाल लिये भर झोरी
नार सलोनी सुघर अब आई, पिया सूँ खेलन होरी
फाग मचो जब कुछ कलस पे होय गई, तब लाज सूँ निहोरी
हा हा करो भाज चली, जब खेलत लाल न बाँह मरोरी

साँची कहो, पिया, कहाँ बन ठन चले तुम ऐसे अमोल
ऐसी है वह कौन पिया प्यारी, जा से करोगे किलोल?

ताल, मिरदंग मुहचंग बजाय के प्यारी तिया गुन बैठ के गाओ
खेलिये खेल अबीर गुलाल सूँ, औरन को नित पेम पगाओ
भूल गई, कछू याद नहीं, अब सोवत हैं नहीं काम जगाओ
अंग में तोरी सो बोरी, लला, अब अंग सूँ हात न मेरे लगाओ

आज यों बोली नहीं हूँ कछू, कोई एक कहे, मैं चार कहूँगी
हों आप करूँगी रंग से पर औरन को नहीं खेल सहूँगी
गाय रिझाय के पीतम को चित चोर सदा फिर बाँह गहूँगी
आई बसन्त बहार, सखी, अब कनत को ले के इकन्त रहूँगी

खेलत फाग को आज सबे, मीरो भीज गई अब रंग सूँ सारी
खेल की राह सूँ खेल करो नहीं फेंट गहों और देऊँगी गारी
अबीर, गुलाल सुगन्ध रलो, और रंग भरी पिचकारी ही मारी
मो सूँ करो बरजोरी लला मत, दौर गहो नहीं बाँह हमारी

दौर के बाँह हँस के बरजोरी करे बजों नहीं माने
चीर नए जिन के पहरे गर, ले के अबीर गुलाल के रंग में साने
मैं सखियाँ की लाज करूँ, वह तो अत हीं बरजोरी ही ठाने
होरी को कहिये वा दी दीठ लंगर सूँ, मूरख खेल को रंग न जाने

लाल गुलाल सूँ खेलन होरी को आई सबे रस भीनी यह नारी
लागे भली सब नारन में, तुम देखो सखी, यह प्यारी हमारी
ताल, मिरदंग, मुहचंग बजावत हैं मिल के कर सूँ करतारी
लाल उठे जब खेलन होरी को भाज चली है तब दे दे गाली

खेलत हैं मिल के सखियाँ वह हाथ लिये यह रंग उरो री
भर भर मूठी अबीर की डारें, और आवत है सब रंग सूँ बोरी
नेक नज़र सूँ फाग निहारो, और दौर गहो मत बाँह को मोरी
बरजोरी करो मत चातुर लाला, अब खेलये रस सूँ होरी

घात से चातुर खेलत होरी को आज लला रंग नीह रचायो
आवत सखीन के हो के अचानक वा को भिजाए के आप बचायो
लीने अबीर गुलाल तिया कर प्यारे पिया संग रंग मचायो
ताल, मिरदंग बजाए मली दफ़ आपनो भाव तो नाँच नचायो

तो सूँ को खेले होरी लंगर तू तो फाग की रीत न जाने
हमारे पाछे क्यों लागों है आवे, वहीं जाओ जहाँ तेरो मन माने
एक न सूँ रंग गुलाल अबीर खेलन मो सूँ बरजोरी अब मार के ठाने
जाओ, पिया, रंग आप मचाओ, तेरी कही अब कोऊ न माने

रंग भरी पिचकार लिये अब अंगन में सखी आए खरी है
चातुर चार खिलार बड़ी अति रूप तिया गुन की अगरी है
गावत फाग सुहत भरी और अंगन में सब अंग भरी है
हाथ सुगन्ध गुलाल लिये कहा फूलन की बौछार करी है

होरी खेलन आई सबे मिल अपने कन्त सूँ साँवरी गोरी
हाथ भरी पिचकारी है रंग की, अबीर गुलाल लिये भर झोरी
दफ़ मिरदंग बजावत गावत, केसर रंग में हैं सब बोरी
खेलत फाग में घात सूँ प्यारे कन्हिया ने मोरी बाँह मरोरी

स्याम कन्हिया सीं खेलें सबे मिल अबीर गुलाल अब फूलन मार
रंग लिये पिचकारी भीर अब बोलत बोल भले तितकार
गावें गुणी सब नीकी भली, दफ़ मुहचंग बजा खटतार
खेलन होरी को काज मचा घर से निकसी है नवेली सी नार

खेलत अबीर गुलाल सूँ होरी, नैनन नैनन नैन लगावे
दीठ बचाए के पीतम की, सखी, मूठ चली को आप ही धावे
रंग लिये, सखी, केसर को तिय भीजत आप अब लाल भिजावे
चंचल मार चली पिचकारी के आँचल ओट दे चोट बचावे

अबीर गुलाल भर भर झोरियाँ और केसर रंग लिये पिचकारियाँ
सब मिल करि हैं किलोल नारियाँ, एक एक अंग संग दे दे तारियाँ
घर से निकसीं नारियाँ, फूलन गेंद मारियाँ, खेलत फाग गा गा गारियाँ
स़्याम कन्हिया ने बाँह गही, तब भूल गई सब खेल की हारियाँ

केसर रंग के चीर चुने और भाल में लाल गुलाल बसन्त हैं
फूलीं हैं बेली नवेली सबे और गाए बजाए सबे ही हसन्त हैं
फूलन के गड़वा अत सोहत फूल के अंग सिंगार सोसन्त हैं
दे दे मुबारकबाद, गुनी, "शाहे-आलम" कूँ सब गावें बसन्त हैं

प्रथम बसन्त बहार को गड़वा बनाए, गुनी, लाए हज़रत रसूल के दरबार
दफ़, दाइरा, बीन, रबाब, कानून, मिरदंग, मुहचंग, और बजावत है सब नार
सुख सम्पत हो नित हीं नित पुत्रन सिहत दीजे दुख और दालिद बिडार
गाए बजाए के माँगे मुरादें "शाहे-आलम" कूँ दिलादीजे मुल्क माल गंज हज़ार

आज बनाए गुनी गड़वा दरबार रसूल के ले के चलें है
बेल नई और पात नए क्या नीकी बसन्त के फूल खिलें है
आई नवीद रसूल के द्वार सूँ, जी के मनोरत बेग मिलें है
होयगो राज चहूँदिस को, "शाहे-आलम" के दिन आए भलें है

फूलन के हार चार जूही, चबेली, चम्पा,
सोसनरा बेल देख कोकिला की बानी जीत के करें
सरसों पाए लो फूल रही मुख गुलाब
नैनन नरगिस अधर दस कंवलन की साम्ता धरें
बेली से नवेली बाल जा के बात में सब दादरा केवरा,
केतकी, मोतिया, सुगन्ध फूल झरें
आप बन आई कामनी बसन्त रुत गड़वा देन आई
"शाहे-आलम" बादशाह के घर भरे

मानत नार जो बरजे मोहि आप न देत, दिवावत गारी
चंचल ऐसो कहों न लखी हम, दूस्रो और न देखो खिलारी
दीठ कहुं कर चोट कहूँ, यह देख अचम्भे रहीं सब नारी
घात लगाए के सीस, सखी, अब छाती लाल पिचकारी ही मारी

ले पिचकारी चलाए लला, तब चंचल चोट बजाए गई है
अपनी नाक सूँ खेलत है, कहा चातुर नार खिलार नई है
ऊचक आए सखियन को छोर के लाल गुलाल के मूठ दई है
नीकी लगे यह आँखन में, कहा रंग अबीर सूँ होरी भई है

[ग] कबत व दोहरा नायका भेद

छब कों देखन दें नहीं पीपल बैरी नैन
घरी न लागें रात को दिवस देत ना चैन

मो को तो अब, ऐ सखी, लाल न पूछें बात
जावत दिन है आस में, रोते रोते रात

सुनो न काहु कान धर, बैरी भए सब लोग
पाछे तेरे लाल हूँ बड़े किये हैं जोग

ऐ री माई, देखा तू ने, मो सूँ उस दीठ ने कहा कीनी
ओरन सूँ रंग रलियाँ करके हम को बिसार दीनी

साँची कहो प्यारे कहाँ से आए रैन के जागे
सारी रैन और सूँ रस पागे भोर आ मेरे उर लागे

उ नींद भए अत नैन लला के कैसे लगें जैसे रैन जगाए
ऐंडें फिरें, सखी, आज पियाँ, काहू प्यारी तिया को अंग लगाए

हा हा हमें मत आज कहो, करकी बंगुरी, पिया छाड़ो करयाँ
ठनो जो जिया में सो काल को कीजे, न कीजे पिया वह आज बिरयाँ

सुन्दर साई ढोलन, साँची कहो अब, कहाँ रहे तुम रतियाँ?
मुँह की मोसूँ, जी की औरन सूँ, काहे करत हो झूठी बतियाँ

ए री माई, सरसुती का पुजन कर के माँगत हूँ यह भोर नूर
"साहे-आलम" पिया के मन की मुरादें सब हीं दीजे भरपूर

प्यारे हम तुम से करें रस बतियाँ
न्यारे न हो, पल छिन यों कह लागी छतियाँ

हों तो जी की कहूँ तो सूँ सजनी, वे तो मेरे मन में बसे हैं
ऐसे सुघर प्रान अपने काम में सो तो रंग रसे हैं

जो पिया आवे मोरे घरवा, करूँ संगरवा, लेहूँ बलाएँ, परहूँ पाएँ
कहा करूँ, कित जाऊँ, सखी री, भोर भए, लो अज हूँ न आए छैल तुरकवा

मन मेरो अमोल ले जात, पिया, तुम बार कछु न लगावत हो
पहले तो लुभाई लगाए गले, फिर पाछे उसे उचटावत हो

अत छैल छबीले, रंगीले, महा गुर बेली, रसीले कहावत हो
तुम राख न जानत हो, तो कहो, चित काहे पराई चुरावत हो

बिन प्यारे कछु और तुम कीजो ना सखी बात
बैरी है तू, ना हितू, जाऊँ न तेरे सात

दीजे बता जो साँच हो पूछत है यह बाल
रंग रँगे हो कौन के नैन तिहारे लाल

सोच करो मत, ना मिलो, अपनो जी क्यों खोए
जो सब ऐसे ही मिलें, तो सुख कैसें होए

लाल जगाई कौन घर, कहो, सखी तुम, रैन
पियरो लगे है रूप सब, और उने दे मैन

लालन की तो नेह अब, और तिया के सात
कहा कहूँ तो कों, सखी रही न उन को बात

झूठ कहो मत मेरे तई, मेरो न लीजे नाम
जाओ जहाँ नित जात हो, करो उसी से काम

तुम्हें रहे नहीं याद एक, भूले सब सुख बैन
लखो रूप जो तिया का समाए गए मेरे नैन

आवो तुम पीतम, मेरे मध माते, तेरे चाव के बीच भई भोर
कौन तिया संग रैन बिताई, न जानूँ कौन के तुम रहे ठौर

उठो तुम, प्यारे, नींद के माते, राज दुलारे, भोर भई, तुम जागो
कागा बोले, और चिरयाँ चहचहाएँ ऐसी बहार में तुम गरे लागो

नित नारन सें जो आप डरे, मोरे ऐसी भेट की पेट न भावे
सखी सें मिलावे, ढिग नहीं आवे ऐसी तिया और कौन के जावे

पिया मोरे जाग रे, जाग रे, रैन तो कठिन अत लागे
''साह-आलम'' ने तुम्हारे देखन कों सगरी रैन उमाहे जागे

रात गये घर कौन के? सोए किसके सात?
जो जिया में सोई कहो, कब को राखी बात

रैन हो घर कोन के, कहाँ लगाए नैन?
रस बस में वा के भए, सूँ हस हस बैन

पहचान गई इन बातन सूँ प्रतीत पिया तुम काहे को खोई
क्यों बक्कवास करो बिन काज कों, पीर पराई न जानत कोई

बोलत बोले चुपके रहे क्यों, अब कहो, कौन के बैन चुराए
साँची कहो तुम मो सूँ, साजन कहो फिरो अब नैन दुरए

जब से गए अज़ीज़ मिल, चैन गयो सब सात
रैन गई सब ध्यान में, कछु न भाई बात

सुन री, सखी, इक बात अनूठी, पियारे ने ली मेरी अँगूठी
लिये अँगूठी जात चले औरन के घर, इन कारन मैं उनसे रूठी

छाँड़ के, सजनी, मा कों पिया बुलायो होगो तो कों
चाहत हैं पिया तो कों, तू झूठी बतावत मो कों

हिल मिल रह तू प्यारे संग और कभू न हो उन सूँ न्यारी
लाल चले हैं लाला देखन, नाफ़रमान न हूजो, प्यारी

रैन लगे कहों प्यारे तिहारे नीके लागत अनींदे नैन
देखत हीं पहचान गई, अब काहे बनावत हो तुम बैन

काह भयो जो बोलत ऐसी, ता को, तिया, यह लागत फीको
जाओ, सखी, उत बैठ रहो, नित बिल्ली के भाग न टूटत छीको

जात नहीं छब मो पे कही मुसकान से जोत लजावे छटाको
नार खिलार बड़ी है तिया, जो उछालत है लिये हाथ बटाको

साँवरे सलोने साई मेरो मन लागो जब तो सूँ रसिया
घरी घरी पल छिन दिन मन मों राहत बसिया

दोनों मिल फिर जात हैं अँखियाँ नीर भराई
भल मिले ती पिय, सखी, तन मन नैन सराई

मो सें न पूछो ती कछु, कटी है कैसी रात
अपने मन सुँ जानियो मेरे मन की बात

जात कही चतुराई नहीं कछु पीतम ने जब आँख लड़ाई
लीने कीते मन पीतम ने, सखी, हों अपनी मन दे घर आई

तिया, लगावे आप तू, मो को करे बदनाम
मैं न सुनुँ तेरो, सखी, तू ही बिगाड़े काम

दीजे न सुमरन हात से, रहे न दाना हात
ती माला तेरी जपे को कहे मन की बात

का से कहूँ नहीं जात कही, सखी, लागो हमें यह नेह नयो है
जो मन में कहिये को करे मन ही में रहे तन ताप तयो है
सोय के मैं पचतावत हूँ इन नैनन कों मेरे काह भयो है
बैरन नींद न चैन न दीनो, आयो पिया घर फेर गयो है

आप...हीं आवत नेह को, औरन को नहीं ऊतर दीजे
पीतम सूँ वुह बात करो, जो जा में तिया अब नेह न छीजे

पीतम कों ना छीन ले, मो को यही परेख
आगे पी, पाछे तिया, सखी, अलग हो देख

हाल रहो ना बात, तु रख ले मेरी लाज
चाहूँ तेरी जात से, लीजे मोहि नवाज

समझ गई कहते, सखी, तो में पी की बास
कहो छिप कह ना सकत रह रह लेत उसास

भई दुबरी सोच में, रहो न मेरो अंग
पीतम के, सखि, बिरह सूँ रूप रहो ना रंग

भली न तो को बात यह जानी ख़बर न भूल
कीजे वह, जो रब कहे, और कहे जो रसूल

आवन की भोर कही, होय गई अब शाम
बीत गई सगरी निसा लेवत तेरो नाम

कहा करूँ, कित जाइये, देत उठाई लाज
मेरे नैन, मेरी सखी, बैरी भये हैं आज

बैरी यह तन में बसे, यासूँ, सखी, न आस
मेरो मन ही गहन को रहे पिया के पास

मेरी सुन सब जीव की, कहे न अपनी बात
बैरन सूँ, सखि, पी मिले, कैसे मिलूँ इन सात ?

मन की सब मन में रही, कासूँ कहूँ हों बैन
पीतम बिन अब, ए सखी, तरसत हैं जो नैन

मेरी सुने नहीं एक पी, अपनी करे सब बात
घड़ी पड़े नहीं चैन दिन, तड़पत जावे रात

जब तें रूसी तू, तिया, लिया जिया को चैन
मोसूँ मिलो तुम बेग ही मीठे करो अब बैन

आपस में मिलो सोच कर, करतीं सब बिचार
चरचा करो न लाल यह, चरचेगी कोऊ नार

अवध किइ, आये नहीं, पूछत हूँ अब तोह
घेर रखो किन चाह में, सखी, पिया को मोह

जी चाहे गर लाइये, सियरी चलत बयार
झुक झुक के रस लीजिये, आन मिले जो नार

चमक तिया के रूप की लेत जिया को चैन
नथ के मोती निरख, सखि, न थके काके नैन

पीतम के अब हाथ से कीधर को कह जाऊँ
समझ समझ, सख, जीया में अपने हूँ दुख पाऊँ

होर परी अब आदवो, होनी होए सो होए
जैसी इन नैनन करी, ऐसी करे ना कोए

नैन करो नहीं सामने, मन में समझो पी
करो न मोसूँ बात कछु, कहाँ लगो है जी

पीतम, सुनो हमारे दर्द कीं बात बिन देखे दरस की
"साहे-आलम" पीव को तुम्हारे मिलन तपत बुझे बरस की

ए री माई, नैनन दीठ लगे रहत, पिया को देखन कैसे बन आवे ?
कल न पड़त, पलको नहीं लागत, निस दिन मो को बिरह सतावे
जब आन मिले पिया प्यारो मेरो, तब सब तन सुख पावे
जनम जनम की हो रहूँ वा की, जो कोई मोसूँ आन मिलावे

जंगल जंगल ढूँढ़ती कर जोगी को भेस
पावस रुत कैसे सहूँ, लालन गए बिदेस

तड़पत है दिन रात अब, साथ गए ले चैन
नैनन नैनन पीया सूँ, कर गई, सख, ती बैन

सोच चले कब काहू को, कछु रखे जी माँह
साई चाहे सो करे, औरन को बस नाँह

जिया जिया मैं सुन, सखी, जली तिहारे हात
का मुख सूँ अब आए के करे तू मोसूँ बात

साँवरो रंग सुहावनो लागत, गावंत आवत राग नयो है
बन्सी बजाए, कछु मुस्काए, लला मन मेरो लुभाए लियो है
नीकी भली चली जात हती, सुध जात रही, यह कैसो भयो है ?
देखत ही मन मोहन की, सखी, मो तन को सब चैन गयो है

कौन के रैन रहो, कौन से सैन करो, कौन से लगाए नैन
हमसे मुख के बैन न करो तुम अब, कहो, पिया कैसे हो है चैन ?

उनींदे भये अत नैन लला के कैसे लगें, जैसे रैन के जगावे
ऐंडे फिरें, सखि, आज पिया, काहु प्यारी तिया को अंग लगावे

आज अचानक आय गये पिया प्यारे हमारे मन्दिर सूने
देखती ही उनको, सजनी, तन मन मेरो भयो सुख दूने

कैसे भये पिया हम से कपटी ! मो को, सखी, यह बात न भाई
कीने उपाये बड़े, सजनी, पर प्यारे की रीझ की बात न पाई

तुम्हे कैसी पड़ी यह टेव, पिया, जो बैरन सूँ जा नैन लरो हो
बोलो नहीं हम सेती, लला, कौन जिया तें बैन करो हो

कान करो नहीं मेरो कहो तुम, अन तिया की सुने, पिया, बातें
आवत हो तुम काहे इते, उत जाओ जहाँ नित लावत घातें

चातुर प्यारो हमारो, सखी, सब जानत अपनी अपनी और बिरानी
तुम काहे फिरो इत को उत को, अपने जिया में कह बात को ठानी

हो यार, तैंड़ी याद दिल सूँ मैनूँ भुलाई नाहीं नाहीं
सूरत देखूँ तैनू तैंड़ी सिकांदी जिन्द मैनूँ जावे नाहीं

सुनो री सखी, आज आये सुरजन साई मोरे द्वार
काज भये मोरे मन्दिर करूँगी सिंगार सीस गुँधाऊँ, गाऊँ मंगल चार

कह तू मोसूँ, पिया, कौन तिया सूँ रैन दिनाँ काम मनावत है ?
हूँ तोह देखत लाज करूँ, ती, तो कों लाज न आवत है

सारी रैन तुम और सूँ हिल मिल के रहे लालन, मोरे भोर उठ आवत काहे ?
ज़ाओ जी जाओ, तुम्हारो अब कछु काम नहीं, जाओ जिन से रात हो उमाहे

कब लों देख दुख सहिये, रावरे को चालन सूँ ऐसी को है नेह निबाहे
यह नहचे कर जानी हम ने ऐंसो हीं फल पावे जो कोऊ तुम को चाहे

सु री माई, आज के दिन एक अचंभो जो रही मैं देखो
जो चाहे प्यारे को मान करनो, सो अब प्राण प्राण प्यारी ने सीखो

ऊतर देत न बात कहे, चुप बैठ रही मानो चित्र की लीखी
जो बात करो, तो न बोले कछु, जो न बात करो, तो होवे है तीखी

जेती, निहारी, यह तो में तिया, अब और तिया में यह बात न दीखी
लगाए लगे, न डराए डरे, यह चाल तिया, सखी, कैसे ही सीखी

सुधई रही नहीं पी को हमारे, कैसे, सखी, यह बात है सीखी
औरन सूँ नित पेम लगे रहें, मोसूँ करें जो बात सो तीखी

बड़ाई करो मत मोसूँ पिया की, मैं तो सभी हित हान ही देखी
जानत है नहीं कोऊ किसी की, भाल हमारे कहा बिध लेखी ?

सीस कहे, पड़े पाय रहूँ, और बाँह कहे, उन्हें छाँड़ न दीजे
जीब कहे, बतियाँ ही करूँ, और कान कहें, धुन वा की सुनीजे
अंग कहें, लिपटाय रहूँ, और जीव कहे, मुझ माँह रहीजे
पाय कहें, घर वाही के जाइये, नैंन कहें मुख देखो ही कीजे

देखत पी को दूर सूँ, लगी नेह की भाल
जाय कहो यह लाल सूँ, बाल भई बेहाल

पहले नेह न कीजिये, कर के देवो निबाह
नौज कोई ऐसी करे, जैसी तेरी चाह

समझ तू अपनी ख़ाक कों फ़ानी जनम न खोई
भूलो मत उस राह को बाक़ी ओही होई

लट पटी पटियाँ सीस की नैंनन अन्जन सोह
छैल छबीली आई ती, रूप दिखा मन मोह

पीतम के, सख, नैन लख कैसे भये हैं लाल
मो को देखत यों लगें, जागे निस संग बात

हों पीं सू रूसी रहूँ, ए अँखियाँ मिल जाई
इन बैरन सूँ बस नहीं दूर ही नैंन लख धाई

भाग बड़े उनके कभी आवत जिन के भौन
रव सों मुख तेरो, तिया, देख सके है कौन?

बैठ रहो घर जाय के, आने न देगी बार
गुन अब गुन सब, ए सखी, झलकत है तन नार

बिसरी हमरी पीत सब, तुम्हें न आई लाज
ढोलन, तुम घर कौन के बिरम रहे हो आज?

काम न आवे साई बिन, किया करो कछु भेस
भूलो मत इस देस पे, बसोगे दूजे देस

आइ के बैठे पास जब, जी में बढ़े हुलास
रिम झिम की बूँदें परें, स्याम मिलन की आस

भये अयाने फेर के, लगी जीब तुतरान
तुम को कैसी यह, पिया, पड़ी अनोखी बान?

नैनन सूँ मुसकाय कर, पी सूँ हिया मिलाए
जब तक सो फिर कर गई, चन्द मुखी घर आए

जायें पिया जो हाथ से, कहाँ रहे फिर नाम
लाज करूँ कब लूँ, सखी, बिगड़े मेरो काम

कह न सकत हूँ, ए सखी, कहा कहूँ मैं तोह
करी करौंडी जगत की, इन नैंनन ने मोह

सुनो नहीं सौत की...रहे न तेरो नाम
रसक रसाल लाल सूँ, तू क्यों रूसी बाम?

रोम रोम सुख पात है, सियरे होवत नैंन
दरस देख पी को, सखी, पावत है मन चैन

क्यों कर लीजे हाथ अब, कहा बनाऊँ बात?
बड़ो सोच मो कों, सखी, दूत लगी पिय सात

साईं पर रख तू नज़र, इतनो नाँह संकोच
जात अँधेरो एक पल, करो न जी में सोच

मेरे मन की सब बिधा उन सूँ कहो सुनाये
जाओ, सख, समुझाये के लावो पिया मनाये

का से कहूँ जी की बिधा, कल न पड़त दिन रातरयाँ
"साह-आलम" संग नेह लगे, तो को सुनावे उनकी बातरयाँ

अब तुम निपट कपटी भये, मोसें काहे काहे, पिया
औरन सूँ तुम बैठ कीनो, हम से फेरा फेरा जिया

बोली...की और तू तो से अटके पी
सखी नहीं, तू सौत है, क्यों न कुढ़े वह तो?

आई ती घर बेग हीं, संग लगाई लाल
गोरस बेचन को गई...मोल मन माल

कौन ठगो री डार के लियो मेरो मन हात
बात बिसारी पेम की, लगे और के सात

अंजन, सखि अब यह भयो, होवत नैनाँ जोत
पी को देखूँ नैंन भर, रोम रोम सुख होत

मन मेरो तुम को चहे, तुम्हरो चाहत और
जो चाहो नहीं ओर को, क्यों जावत हो दौर?

लोग लाज घर में तजो, होये है मालिक तोह
समझोगे तुम आप को, दरपन देखो मोह

हम तुम मिल के अब चलें, कहें पिया सूँ हाल
जासूँ लगे कलंक जग, ना चलिये वह चाल

बाँह गही जब लाल ने, गारी लागी देन
अँगुरी पकड़त बाल, सख, सिस्की लागी लेन

मूरख, किस पे भूलि है, राख सके ना कोइ
उन के पायन लाग, जो जग में आदर होइ

रीझ, रीझ, रिझाय रिझाय, काम के किलोल कर
मन के मनोरथ करे सहस सहस
आँखों देखी, न कानों सुनी ऐसी जैसी तू तिया है,
भचक रहत हूँ तो कों लहस लहस
यह देखी तो में रीत नई, सखी, जाने न पूछे कछु
पीतम के जब आवे मोसूँ रहे बहस बहस
हँस हँस करत अछी बतियाँ, लग छतियाँ सूँ
अपने पिया को उर लावत रहस रहस

ए री सखी, हम तेरो कहो करि हैं, पिया कों कर दे कछु टोना
सुन ले प्यारी, टोना किये होत कहा, करमों लिखी सों होना

रब्बा, तैंड़ी बन्दी हूँ आज़िज ग़रीब हमारी, मुरादें भर दीजो मन की
तैनूँ छाँड़ के किस नूँ धाऊँ, मैंड़े मौला लीजो ख़बर मेरे तन की

लाज आवत है मो को, माई, न जानूँ पिया अब मोसूँ कैसे कहेगो
आयो मनावन लालन री, अब देखिये कैसे के मान रहेगो

मूरख नारी हूँ जान लिई की होत, कहा तेरी ऐसी आस दिये
भाग बड़ो, तेरो तया में, प्यरो रहे नित पास लिये

अंगन में आय देखो सहज सुहाय, मो ही सोभा दरसाय प्रेम रस पियाय दियो है
नैंनन लगाय फेर मन को लुभाय, बैन मुख बनाय मेरा चित चुराय लियो है
आनन्द समाय, वह कीनी चित चाय, माँगत हूँ से बुलाय और रिझाय कर हियो है
नीक सुर गाय, आछी तान परबीन बीन कूँ बजाय सुनाय, कछु चेटक सो कियो है

कह के गई थी रात के आवन, मो को, तिया, तेरो ध्यान रहा
तू जो बखानत ऐसी, तिया, अब साँच कहो, कह आन लहा

प्यारी लगें उसकी बतियाँ, सुन सुन के सबे मैं मान सहा
मेरे आगे न बातें बनाओ, सखी, मो को तिया ने जान कहा

जान लियो, पहचान लियो, जौन तिया संग जाग आये हो रतियाँ
बोलो नहीं हम सेती, पिया, जाओ वहीं जिन सेती करो तुम रस की बतियाँ

लाल खुशहाल मैं देखो जबे तब हीं मन मों सुख चैन भयो है
आज को रोज़ बड़ो, सजनी, जो पीतम सूँ रस रैन लियो है

दीजिये दोस, कहो, किस को ? अब मेरे ही बैरी हैं मेरे नैना
देखत रूप फसाय दियो मन, छीन लियो सब जी सेती चैना

बात नहीं कह आवत है, भई पीतम की कहि भौत तू प्यारी
तो को भली यह चाल न थी हितू सेती भई अब सौत हमारी
भागन आगे कहा तिया चाहिये यह भाग भले की चाल है न्यारी
कानों सुनी तुम होगी मसल "मन भावन को है ढेला सुपारी"

ऐ री अली यूँ जी चाहत मोरा रहे पिया के संग
अब तो देखन कों तरसत नैनन यूँ कहत हैं नेकु रंग

ऐ री आली, सुन ले मेरी प्यारे ने अनी मो सूँ करी कैसी यह आज ?
जैसी करी मो सूँ, कहा कहूँ तो सूँ, कहत आवे लाज

जावाँ पी बसती राँझी मैंड़ी गल्लाँ नहीं मानदा
रैन दिनाँ मैंनूँ ध्यान उन्हाँ दा, प्यारा साडी कदर न जानदा

नेह निबाहो, पिया, अपनो वह नार सूँ प्रेम के साथ पगी है
पैहो नहीं ऐसो फेर कभू, अब के तो उपाव सें हाथ लगी है
सोच करों मत जी में कछु, वह जागे नहीं सब रात जगी है
सोवत सेज पे बाल अकेली है, जाओ लला, अब घात लगी है

कह बातन से मन लीनो तया ने पीतम को अत पेम लगाई
मेरी नहीं राह लेवत हैं अब, वाँ ही पिया ने रैन जगाई
जानूँ तभी तो ऐसी अली, कछु डार ठगोरी क्यों मोहि ठगाई
बेर भई पिय आवन को, सखि, सौतन बैरी ने देर लगाई

सोच रही काहे, तिया, तू ही बुलावन रैन
दाँतन अँगुरी दाब के रही देख पिय सैन

रैन दिनाँ जावे मुझे लेवत तेरो नाम
नेक नज़र सूँ देखिये, होत हमारो काम

तो कों बड़ो नहीं काम कुछ, तू नहीं जाने नेह
सब गुण मेरे पिय में, सखी, बूझ लख नेह

पी के बिछरे, ए सखी, मो को कल है नाँह
घरी घरी दिन की मुझे गुज़रे है पल माँह

सखी, सुनी यह लाल की ? आवें बिसवे बीस
फरकत दुर्ग, तरकत तनी, सरकत सारी सीस

ऐसी उरझी लाल सूँ ओर न देवे बार
चतुराई कहिये कहा, जैसी है वह नार!

जान पड़े यौं ही, सखी, रहे तिया के पास
आज रात तन लाल के आत सौत की बास

नई नवेली नार सूँ नयो लगो है नेह
मले दले निस के तिया आये बासर गेह

माने ना समुझाय से, यही कहत है बाल
अवगुण अवगुण रावरो जान लियो है लाल

मेरे मन तू ही बसे मेरी न जानी जाय
कहाँ रहे ? घर कौन के ? भूले ना इत आय

सात रहे तू रात कूँ, आप करे तू घात
मो सूँ पूछे, ऐ सखी, पिया मिलन की बात

मारी बिचकी पेम की पीतम के नित ही
संग न छाँड़े एक पल, कैसे निकसे पी ?

गई तिया की सुद्ध, सखी, रहो न काहू नंग
लगी नहीं निख रेख मुख, लगो काम को अंग

हार गये सब चातुर चित में सीख सीखाय के जेते सगे हैं
चंचल चाल सो भूल गये, और लाज के काज सबे ते भगे हैं
देखत रूप न औरनहार के जा दिन तें उन संग जगे हैं
नैंन नहीं सुरझें उरझे, अब ऐ री सखी, अत पेम पगे हैं

पीतम के, सख, रूप को जो देखें लग जायें
जादू हैं कछु नैंन, जो सब के मन को भायें?

मन अटको अब लाल सूँ, बात न तेरी भाय
सखि, मैं जानूँ तब तुझे, घर जो पी को लाय

नैंनन सौतन से लगा, चीली सखी ले हाथ
सूधो मन पी को, पड़ो बाँकी ती के साथ

ऐ री सजनी, जो आज भेज दे हादी मोरा पियरुवा
सेज बिछा काज करूँ, शादी सुख बसे जियरुवा

काहू सूँ अवद बदें, काहू सूँ जा भेंट करें, काहू सूँ कहें बात, काहू सूँ लगावें घात
कहें कछु और करें कछु, और सोच ना संकोच जा के काहू सूँ नहीं लजात
छल बल उन के उनहीं कूँ बन आवें, और कहा जाने कोऊ ऐसे मन की बात
एकन कूँ साई देत, एकन के बधाई करें, लाल प्यारे की बात मो पे कही न जात

साँची कहो हम सूँ, सजनी, हमरी कबहूँ पिया पूछत हैं बातें?
हम सेती पिया मुख यौं बोलें, औरन के जा बितावत रातें

प्यारी सूँ जाय मिले फिर, लालन, मो को दियो तुम और को बाला
कहा कहूँ मैं तुम्हरी बतिया? ऐसे दाग़ दियो तुम जैसे लाला

करे न करे ऐसी बात करे, जा के सुनें ते सब मो कों हँसें हैं
बोलो नहीं हम सेती, लला, यहाँ देखों चवाई लोग बसें हैं

हिल मिल के बलमाँ सूँ अपने रंग रलियाँ करें और तन मन कूँ सुख दीजे
देख गरीखम जी में आवत है री सखी, पी संग बैठ अमराई की छायें, रस लीजे

हों पिया नया और जानुँ नहीं, जो माँगे पिया सो सब ही दीजे
माने नहीं अव जाने नहीं, सखि, कौन उपाय, कहो अब कीजे

साँची कहो कबहूँ नहीं काहू सूँ, लालन हो यह कोन सिखायो?
कहो कछु और, करो कछु और, कबहूँ अपनो नहीं साँच दिखायो

टूट गये और हार सबे, और छूट गई अधरान ते लाली
खेलत होरी, पिया बरजोरी मुख मींड लियो, देखत सब की बात बनाली

न मन को बात है बिन देखन, न ताकत है जो पाती लिखूँ
लाचार भई हूँ तेरी पीर सूँ, लालन, नैंनन सूँ राह तकूँ

बल में पल में ही लिपट लियो मन, लालन ने सजा कैसो है फेंटा
डार ठगोरी हि रूप दिखा, अब देखूँ, सखी, फिर कब लों हो भेंटा

सोई थी रूठ के, चौंक पड़ी, तब हाथ लला को गहे हों मुठी थी
क्यों न मिले, सखि, आज पिया हमें, अपनो हाथ मैं देख उठी थी

छौंप लगी मिलने की पिया के, सौत के कारण हाथ न आवे
मैं तो उपाव किये बहुते, अब सोई हितू जो बनाव बनावे

मुख देखन कों तेरे चाव, पिया प्यारे, मन मों मोरे
का सूँ कहूँ जी की बिथा, अब कभू आवो मेरे, वल जाऊँ मैं तोरे

ऐ अतहीं खुमारी नैंन खुब गये तैंड़े मैंड़े दिल में
घायल कर कर मायल कीती खोल घमाँड़ी मिल में

जात कही उपमा नहीं और ही नीकी रची बिध सुन्दर जोरी
आधी निसा में अँधेरी पड़ी तब वाय समे को करे रस चोरी
दीपक राग दिये मन सीस में रूप अपूर बिता को लखो री
पी गोदी तिया बैठो काम भरो मुख फेर सखी कर खेंचत डोरी

आज कछु कल और कुछ, गही न जावत बाँह
सखी, कहो, मैं क्या करूँ, गेह न आयो नाँह

रब्बा, मैं काहू सूँ न डरूँ, न डरूँ, और डरूँ तो तो ही से डरूँ
तू ही करीम, रहीम, दाता मेरा, तेरा ही कहा अब सब मैं करूँ

पूछो मत तुम, ऐ सखी, निकसत नाँही बैन
देखत ही यह फिर गये मो सूँ मेरे नैन

तन सूँ होत कहा, सखी, लागी मन की लाग
बातन सूँ यह न छुपे, सुलग रही है आग

नैनाँ तरसें मेह से पीरी भई, सखि, देह
आवत ना पी गेह में, कियो संग नेह?

जी चाहे सो कीजिये, फसिये पेम के जाल
उर सूँ लाल लगाइये चम्पे की सी माल

चाहत हों तो कूँ, सखी, एही मोहि न भाय
सौ गुणा हैं तो में, अली, एकी, अबगुणा आय

क्या जाने, तब क्या करे, आय रहे जो रैन
तुरत किये बस लाल तिय, जुरत नैन सूँ नैन

सुभ घड़ी, सुभ दिन, सुभ महूरत लालन मेरे गरह चरन धरे री
मन मों आनन्द भयो, रोम रोम सीतल भये, जब तें डीठ पड़े री
बिरह बेदन अंग अंग तें दूर किये रहस रहस लागे मोगरे री
मेरो भाग सुहाग जागो सुनत हीं सब दूतन के मान गुमान झरे री

सोच जिया के, ऐ सखी, चाहे पल में खोय
मेरो बस कछु ना चले, पी चाहें सो होय

पीतम, जिन के नित बसो, जाय बसो वा गेह
वै अखियाँ अब ना रहीं, जिन अँखियों कियो नेह

बिन पीतम बौरी भई, कछु न ती को भाय
गरिखम अंबो बैठ के कोयल कूक मचाय

रूप बनायो कौन को, कहाँ लगी है लाग
दूर कीजिये पीक कूँ, लगे कपोलन राग

सखी, कहा देखाय गी, मो को कछू न भाय
पीतम की मो नैंन में मूरत रही समाय

बार बार तो सूँ कही, तू मत पड़े बसीठ
दूजी पड़ी नहीं दीठ में जैसी तू ही दीठ

तेरी न मानूँ सखी, मो कूँ ना यह भाय
जा ही सूँ डाढ़ो हियो, वा ही सूँ सियराय

काम भरो तन में, सखी, पी कूँ देख दिखाय
नई लगन ती को लगी, झुक झुक झाँकत आय

बिन देखे तन को, सखी, मन को पड़े न चैन
ना जानूँ, मेरे तई कैसे बीते रैन!

सौतन सूँ अत पीर जिया मोर दुख पाय
गये दूर दिस कूँ, सखी, पीतम पीत लगाय

देखत ही यह रूप; सखि, लगी जिया कूँ चोट
नट की सी गत ले गई, पट घूँघट की ओट

ऐ री सखी, सुनि काम पिया ने तन मेरो सब घेर लियो है
देखे बिना तो चैन न आवे, ना जानूँ उन कहा कियो है

अली, जब जानूँ मैं तो कूँ चातुर, जो तू पी के मन की बूझे
जानत नाँह तू भोली पियारी, मन की तो सब तन सैं सूझे

चातुर प्यारो हमारो, सखी, सब जानत अपनो और बरानो
तुम काहे फिरो इत को उत को अपने जिया में कह बात को ठानो

नैंन कहे सब देत हमें, कहो पीत लगी अब और तिया की
मैं तुम्हरे गुणा जानत हूँ, पिया, मो से न बात छिपाओ जिया की

महशर का दिन याद रख, हाल न अपना भूल
इस में बख़शे जाओगे, कलिमः पढ़ो रसूल

अब लों गई नहीं बात है, रख ले अपने हात
जो न मिले तू पीय सूँ जाय रहें कही रात

हर दिन उसकी याद रख, जा में सब कछु होय
आये न दुनिया काम कुछ, गफ़लत में मत सोय

लाज काम बैर भय, उन सूँ कहाँ बसाय
बिन देखे पिया ना बने, दुर्ग फिर लखो न जाय

बैरी अरी, तू बैठ तो, ऐसे बोल न बोल
मो को पड़ी अब जान की, तो को भयो किलोल

लगन लगी पी सूँ, सखी, बैठी देखूँ राह
हाथ नहीं वह आत हैं मेरी न उन को चाह

घड़ी पड़े नहीं चैन, सुख, जब तें बिछड़े नाँह
बदरी बदरी सी गई, पिया नहीं घर माँह

लखि हूँ नैनाँ जब लला, जानूँ हूँ तब चाह
कहे सुने मानूँ नहीं, तो ही लो प्रेम निबाह (?)

आवत हैं जिस राह तें, लगे रहत उत नैन
देखूँ न जब तक लाल कूँ, पड़े नहीं सुख चैन

साँई, तो सो कौन, जो इच्छा माँगन जायें
ऐसो दात तू ही है, मन की माँगें पायें

गुसय्याँ के रंग देखो, कोऊ चाहे, ऐसे रंगारंग कौन रंग सके
उन के रंग उन्हीं को रंगे बने, और कूँ बन आवे नाँही, सभी देख यह ढंग छके

नैंनन सेती सैन कियो, और मुख सेती सब बैन कियो है
कहा करूँ, कित जाऊँ, सखी, अब मो को कछु बन आबे नाहीं,
पिया बिना सुख चैन गयो है

मन की मन हीं जानत है, मेरी जानो, पिया, तुम अपने मन सूँ
यह पीत की रीत छुपत नाहीं, देख लीजे, पीतम, अब तन सूँ

देखत हीं मैं चित कूँ, माई, सबह जिन के उन के न पैहूँ
आज गई, सो गई, सजनी, अब फेर कभी उन के ना जैहूँ

कहों ऐसो बनाव बजे सजनी, हम और पिया एक गली में मिलें
जब मिलमो भये पी संग, माई, जी ऐसे खिले जयौं फूल खिलें

ऐ री पिया प्यारी मेरी, चल तू अपने पीतम प्यारे के नेरे
झूठी बात, सखी, काहे करत है, सुरजन जा बसे औरन के घेरे

मूरख नार गँवार, तू भूल पिया मत सोय
उतरी पी के जीय: से, आदर करे न कोय

ऐ री माई, उस रँगीले छबीले संग मोरी लागी पीत
काहू की तपत पूछत नाहीं, कैसे कहूँ उन के ढंग की रीत

ऐ री माई, जो सजन आवे मारे सुख की घरियाँ
दौर लागूँ गर वा के रसिया, और करूँ रँगरलियाँ

हम से तुम से नेह लगयो, प्यारे बलमा हमारो
"शाहे-आलम" पी, तुम्हरे मिलन कूँ सारी रैन जगी लो

काहे कहे बतिया यह झूठी, कहा पड़ी अब उन कूँ मेरी
काज कहा हम सूँ, सजनी, अब लाल की प्यारी भई बहुतेरी

जेते करें तुम्हरे मन हारो, तेही, लला, हम सेती ही भाजो
जिन सेती लगा जी, मुख से कहो, तुम नैंनन में अब काहे को लाजो

कवल से पान, कलानिध सो मुख, कुन्द से दन्त, कुरंग से नैंनों
गौरो सो गात, सुगन्ध लगात, उजारी लखात पे लाजत बैनों
सूछम सी कटि, बाल स्वाल से, चाल मुराल की, कोयल बैनाँ
ऐसी तिया बिन, प्यारो पिया, कहो, कैसे के पावे घड़ी पल चैनाँ

पीतम की चतुराई सखी, हम पे नहीं जात है खेल बताई
हों तेरो गुणा बहुते मानूँगी, माई, जो तू मोहि देवे जताई

मेरे देखत छीनी अब कर लीनी भूल के माल पिया नौ ही दीनी
होत कहा अब के मुकरी, तिया, तेरी सबे हम साबित कीनी

कोऊ उपाव करो, सजनी, अब नेह के फन्दे फस्यो मन मेरो
छूटत नाँही छुटाय किसू के, कोऊ चवाव करो बहुतेरो

अली, हूँ पछताई मन में, काहे की पीत करी लालन से!
हमरी बात बिसारदई, अब लागे पिया...घर घालन से

आज लला नहीं आवत हैं, सखी, कौन जनत कर पी कूँ बुलाऊँ?
प्यारे बिना कछु नेक न भावे, कैसे बचन मैं जी से भुलाऊँ?

साँझ पड़ी, पिया अजहूँ न आये, न जानूँ कौन तिया संग बिरमाये रहे
अब तो उन को मन और से अटको, माई, मो कूँ जो चाहे सो कहे

आज बैठी कोयल मध माती अंबुवा की डार पर कूक मचावे
कूक सुने या बैरन की, सखी, पीर पिया मोहि आन सतावे
डीठ पड़े नहीं ऐसी कोऊ हितू जो मेरे पी को जाय सुनावे
भूल गई तन की सुध सब इस डीठ लंगर को पीत की रीत बतावे

ऐ री माई, कैसी नीकी सावन तान भली!
सब गुणी लेत दून, उस्ताद नज़र अली!

हात चवाई लोक से क्यों कि देखन पाई
लाज निगोरी, ऐ सखी, नैंनन रही समाई

लाज छुटी, गरह काज छुटयो, औऱ बात खुली सब हीं मुख आनी
हाँस सहयो, उपहाँस सहयो, घर बास न देत हैं नन्द जिठानी
लोक चवाई सूँ नाम धराय के, मैं अपनो मन दे पचतानी
नौज लगें तुम सूँ अँखिया! पिया, लागे की सार नहीं तुम जानी

आय नहीं अजहूँ कह कारण सेज सुगन्ध सिंगार की त्यारी
जाके हुलास में भूल गये, सुध नाँह रही, किस की घर बारी
एक घड़ी नहीं छाँड़ सके, अब कैसी कहा वह लागत प्यारी
पीतम संग तो जाने, सखी, आज कौन सी आय लगी है नारी

पीतम सूँ मन लग गयो, पड़े न मो कूँ कल
कैसी हितू है तू, सखी, करे जो मो सूँ छल

कीजे ना ऐसो कछू बिनती करत मनाय
औसर चूके जो, सखी, फिर पाछे पचताय

मेरो मन तो कूच है, तू मन मोहे नाँह
बोलो मत मो सूँ, पिया, छाँड़ो ना मोरी बाँह

सखी, कहूँ क्या पीर सूँ, आँखन बरसे मेह
मन की सब ऐसी कहूँ लाल जु आवें नेह

पी के संग लिपटी रही, करत उनींदे भेस
भोर उठी अलसात ती, मुख पर डारे केस

ईधर बरखा की झरी, ऊधर बरसें नैन
भला, सखी, तू आप कह, किस को पी बिन चैन

लाल की आँखन सूँ उरझी अँखियाँ, अब कोन उन्हे सुरझाये
देखे बिना सुरझत नाँही, माई, पिया बिन मन मों मुरझाये

आज कियो छल जैसो पिया तुम, काल करोगे तो रूस रहूँगी
मैं जु कहत हूँ, जी सें सुनो, नहीं अपनी धाय सूँ जाय कहूँगी

लेवत मेरे जीय: को पल पल में सुख चैन
दिखाय सलोनी आपनो, दे दे कजरा नैन

पीतम के, सख, हात से बिचकन लागी भाल
जाय कहो समुझाय के, भली नहीं यह चाल

कहा कहूँ, सखि, सौत से, पिया न छाँड़े पल
झूठी बातें नित कहे, आज करे और कल

ऐसे कपटी जीय: को कहूँ नहीं है ठोर
बात करो मो सूँ, पिया, घात करो कहूँ और

आवत नाहीं गेह जो पूछत है यह बाल
लाग गई कहाँ आँख है, कहो क्यों ना लाल?

अन भाती कहो नहीं पीतम को, जो पीय: कहें सो माँगे लीजो
मैं पीय: सूँ नहीं बोलूँ, सखी, तुम अपनी ओर तें आदर कीजो

सोच करो और विचार करो कई दिवस को है यह लेखा
होगी हितू तुम मोरी बड़ी, अब देरूचा बिचारो तो हात की रेखा
नहीं देख लियो, नहीं जान लियो, सखी, आवत है मोहि या ही परेखा
ले ले बला मन हार करी, पर पीतम ने मेरी ओर न देखा

नैंन लगे कजरारे प्यारे के, और, सखी, मुख तेरे सुहावे
देखत हो कहा, चातुर नारी रूप दिखा यह जीय: लुभावे

देख पिया को रूप ती मुख मूँडे मुस्काय
पीतम, सखि, लख के रही नीचे नैंन नचाय

दूत लगानी ना सुनूँ, मैं जु कहूँ सो मान
उन के जी में और है, तू ही बसे मो जान

हूँ समझाय रही बहुते, उन बातउ मोहि लजावत है
पूछत हूँ जब भेद की बातें, और की और बतावत है

मो सूँ कहे नहीं कैसी हितू जब वे उन के ढिग जावत है
कौन तिया बस पीयः पड़े? सखि, मेरे नहीं घर आवत है

लागत नैंनन नीके भले यह कौन सजी पिया पाग निहारी
जाओ पिया तुम उन के, जिन के रहत हो रस मसे, सुनो तुम बात हमारी

दर्द है तन मन को जो, जानत नाँही कोई तबीब
जा को कहूँ कोऊ न जाने, मेरी जाने मेरा हबीब

दिन चार की चाह पे भूलो नहीं, सखि, आप को देखो, सँभाल के बोलो,
एक सी बात रहे न सदा, यह जान बिचार के जीयः में तोलो
हम देख लिई पियः के जियः की, तुम काहे को बात हमारी में डोलो
पी काहू के नाँह भये, और होंगे ऐसन सूँ मन की नहीं खोलो

समुझावत, सख, कौन को? मो को एक न भाय
पी की सुध आवे जबे, तन की सब सुध जाय

जिया जरे हैं पीर सूँ, भावे नहीं, सख, धूप
मेरो मन भयो बावरो, देखत पी को रूप

लिपट झपट पी से करो लखी तिहारी रीत
निपट कपट मन में बसे, परघट जावत प्रीत

पादशाह वली महबूब मौलाना
"शाहे-आलम" के मन की इन्छा बर लाना

रूप दिखा के, ऐ सखी, चैन लियो सब छीन
नैंनन चंचल चपल लख, मन तड़फन ज्यों मीन

आज किधर तुम आय हो, कहिये मो सूँ, लाल
बेग, सिधारो वा ही घर, सुने न प्यारी बाल

पीतम, ऐसी चाल की भली नहीं है बाल
देखत हो गरे कौन के बुहर खरी है माल

रूप रंग हम देख के जान लिई हम चाल
मचे जहाँ हो रंग में, रचे रहो तहाँ लाल

डार थगोरी सौत ने लीनो अपने हात
लालन के, सीख, बैर की कही न जावे बात

ऐसो दमकत रूप ती मानो चन्द की जोत
कहा कहूँ, सखि, जीयः की देखत बस जो होत

चन्दमुखी सी नार को सब लख ब्याकुल होत
वा की छब देखे, लला, होत नैंन में जोत

चन्दन की चौकी पर बैठी पहरे बसन भूषन चाँदनी की,
पिया उजयारी की सूरत देखे ही लजात है
चन्दमुखी फूली चाँदनी चहूँ ओर, जरी को चँदवा बिछे
चाँदनी तैसी झलकत जोत हीरे की नैंनन सुहात है
काहे करत हो लोगन की लुगाई बा बिया सूँ दराइयाँ
यह ऐसी कौन तिहारी बात है?
ऐसी चाँदनी में, प्यारे, चल बैठो संग अपनी प्यारी के
फेर पाछे पछते हो, यह नीकी रैन जात है

आज की कैसी लगत है यह चाँदनी रात!
या चाँदनी में देखत पिया की सूरत मेरे नैंन लजात

चाँदनी सी उजयारी तिया, बैठी देखे चाँदनी को पिया प्यारी तुम्हारी
तुम जो जात हो औरन के घर, मूरख लाल, कहो दूजी ऐसी कौन तुम निहारी?

क्या नीकी फूल रही आज की चाँदनी यह पूरन मास की!
पिया बिन नीकी लागत नाँही, तू बैठ, माई, तू ही बसी पिया के बास की

चूक पड़ी क्या हम से पिया? जो ऐसे तीखे बोलन लागे
कोहे छिपावत, जान गई, तुम और तिया रस ढोलन लागे

आई पिया प्यारी उजयारी ऐसी छीर सी चाँदनी में अपने बस कीजे
लाय लिवाय हुँ सौंतें लग रस ही, रसिया सूँ सबे रस लीजे

साँच बता तु मो को, सखी री, पिया आज की चाँदनी मनाय बैठे कहाँ ?
औरन सूँ करें रस की बतियाँ, झूठी पाती पठाई यहाँ

कैसे के जाऊँ पिया पे, सखी ? चहूँ ओर तें चाँदनी फैल रही है
देखे बिना, अली, चैन नहीं, अत मोरे लिये तू बैरन भई है

जानथ थी, पी चातुर हैं, पर आतुर नार के हात बिकाने
जाओ, सखी, तुम जानो नाहीं, वह तो लगी अब बात बनाने

साँची कहो, निस कहाँ जागत हो, नेह अत पागत हो, या ही के गुण गावत हो
बार बार आवत हो, मन समुचावत सुख के बेन सुनावत हो, या ही में कहा पावत हो ?
एकन को अंग लगावत हो, एकन को नेह जनावत हो, एकन के मन ललचावत हो
"शाहे-आलम" पिया, कौन तुम कूँ सिखावत, ऐसी कहा मन लावत हो ?

देख न सकूँ इन नैंनन सूँ, माई, पिया बिन या चाँदनी की राती
का सूँ कहूँ यह, कौन लखे, कौन पढ़े, जाय मोरी पाती
कैसे कहूँ, अब कह न सकत हूँ तो सूँ अपने जी की बाती
जब आन मिले पिया प्यारो मेरो, तब सियरी हो मोरी छाती

आज की यह चाँदनी पिया, बिन कैसे के भावे, माई ?
कह कह हारी हित की बतियाँ, तिया:, तो को सुन कर लाज न आई ?

ऐसी निर्मल आज की चाँदनी मोहि भावे नैंन सुहावे
"शाहे-आलम" पिया, तुम्हारे देखत तन मन अत सुख पावे

सरद की चाँदनी मोहि अत भावे, और सब गुनी आछे राग गायें
सब नर नारी बने ठरे पहरे अभूषन, बैठे "शाहे-आलम" संग सुभायें

ऐसे नीके बाग़न की सैर करो "शाहे-आलम" नित रहे मसऊदी
आज की निर्मल चाँदनी में ज़ोर फूले दाऊदी

चाहत हूँ, अब पीय: कूँ देखूँ भर भर नैन
लागी रहूँ अंग रैन कूँ, बैढी करूँ, सखि, बैन

चहूँ ओर मुख चँद की चटक चाँदना जोत
लखिये ऐसी नार, सखि, नैंनों सियरे होत

सखी रूप दिखा, मन पी को लुभा, अब मेरे तईं फूसलावन आई
तूहि जान लियो, पहचान लियो, अब तेरी सुनूँ नहीं राम दहाई
जैसी चाल करी तुम पीतम से, सो सारी तियान में मैं लख पाई
मोहि आवत है अब या ही परेखा, तेरे कहे क्यों जनम गँवाई!

बैरन निकसी चाँदनी, रही अँधेरी आस
निस में निकसी थी, सखी जाऊँ पी के पास

तन मन सेती अब सबे उठी जात है लाज
मेरी सुध तो लीजिये, प्यारे, सुन कर आज

पीरो तेरो रूप, ती, नैंन उनींदे रात
पी को अत प्यारी लगे तेरी तरुनी बात

वा दिन तें सुध नाँह रही, रस पेम भरे जब तें लखियाँ हैं
दूजी सुनी नहीं देखी कहाँ, उन देख झुकीं सगरी सखियाँ हैं
चँद से आनन पे कर अपने, मानो विधाता ने ला रखियाँ हैं
देखत ही जिया, सच कहिये, अत नीकी सखी बदरी अँखियाँ हैं

कोऊ चवाव करो कितनो, यह नेह लगे पर नेक न छूटे
दिन दिन काम बढ़ावे और पीर पिया की तन मन लूटे

कहा समझावत मो को, सखी तू, जी की ख़बर है किस को?
इस बिरह की ज्वाला की, ऐ री अली, वा ही जाने तन लागे जिस को

सखी, पड़े ना चैन, अब कातहि करूँ मैं, हाय!
लगत अगन यह ना बुझे, और अगन बुझ जाय

आई है कितनो निहारो किये, अब कीजिये वा सूँ सुलूक की बातें
अगली कछु मन लाइये नाँही, प्यारे, अब लीजिये मनाइये ऐश की रातें

कौन बसे यह...जहाँ बिन देखे सुने ही कलंक लगे हैं
मो कूँ बात कहे कलंक लगे, पिया जो और तिया सूँ नेह पगे हैं

बिसर गईं हमारे नेह की बतियाँ, अपनी प्यारी तिया संग सो तू
तेरो री कंत बड़ो री चवाई, हमारे कंत को भी को...उन खो तू

मन चाहन है जा को, ओ ही बसत है जाय: तो ही काहि पड़ी?
लाड़ लड़ाओ, अंग लगाओ, चाहत है देख खड़ी

काहे पड़ी उन के मन की, तिया, पूछत है तू कौन लिये?
अपनी बिथा कूँ खोल कहो, तुम काहे धरी है अपने हिये?
जो कछु करे, तू आप करे, पचतात कहा हो अपने किये?
नैंनों बुलावत, आवें नहीं अब हीं जिया हात दिये

ए री, आज कौन तिया के बिरम रहे हैं मेरे लालन?
कहा कहूँ कुछ बन नहीं आवे, न जानूँ, ऐसी कौन है घर घालन?

भोर तें साँझ लो, साँझ तें भोर लो, मैं नित ही नित राह निहारो
आये नहीं अब लो परदेस तें, काहू पे रीझ रहो रिझवारो!
काम सतावत आठों जा मन को, ऊ है प्राणान को रखवारो
हों निकसीं पिय: देखन को, अब देख परो नहीं प्राणा प्यारो

कैसे केहूँ तो सूँ, माई, अपने जी की? पिया बिन अत हीं बेकनल भई
मो कूँ तो उन बिन चैन न आवे, औरन सूँ नेह कर मोहि बिसार दिई
उन की दिठाई मो सूमं कही न जाय, तन मन सब छीन लई
अब कछु कहे बन आवे नहीं, बिन देखन नैंनन सूँ नींद गई

गात सबे अलसात झंभात अब बैन सबे तुतरात सुहाये
रैन जगे, रस रीत पगे, छतियाँ सूँ लगे, पिय: कौन को भाये?
पेच खुले ठहरात नहीं, पग घूमत सीस पे भोर हीं आये
आये कहाँ तुम आज हो, लालन, देत कहें सब दीठ लजाये

जोरी तुम सूँ एक, पी, सगरे जग सूँ तोर
रैन मना संगरी कहूँ, आये मेरे भोर

जो देखे, सखि, रूप को जिया वहीं बस होत
सूरज सूँ .जब सें मिली, बाढ़ी दूनी जोत

मो सूँ कहिये आज क्या आये जी में ठान?
कौन मिली, कहो क्या हुआ, जा पर इतनो मान?

चातुर हो तुम तो बड़े क्यों नहीं लो पहचान
पीतम, आज भली करी, मेरी लीनी मान!

दिनकर ससि को है कहाँ ऐसो जस जो लेत?
साईं की है जोत सब, जग उजियारो देत

मूरख हूँ जो अब कहूँ अपने मन की बात
क्यों पूछत है तू, सखी? तू तो मिली पिय: सात

न जानूँ, सखी, कौन तिया ने लालन को बहकाय दियो है
मो सूँ बहकाय के लालन को मन अपने हाथ लियो है

बेर भई यह सौत मेरी, सखी, आने न दे है पी को घरो
आगे तेरे कछु बात नहीं, पिया माँगत हूँ मैं तो सूँ हरो

रजनी कठिन लागे, अब तुम जागियो मोरे मतवा
इतनी रैन मोहि जागत बीती, उठी क्यों न मोरे नाहा

ऐ री सखी, जो पियो को ला मिलावे, तो तेरो गुण बहुत मानूँगी
जब वह मूरत दीठ पड़ी, तब नयो जनम फिर जानूँगी

समझे न समझाय, सख, किया करो तुम छन्द
मेरे मन बस ना रहो, पड़ो पेम के फन्द

मेरी बिसरी पीत सब, भूले न ईधर आय
बे बस भई अब, ए सखी, पड़ी और बस जाय

क्यों बहकाय तें आज, तिया, तुम रूस रही हो लला से
जो अपनो भलो चाहत हो, पल बात करो, नहीं पी की बला से

मन की कहूँ जब तो सूँ, सखी, धीर बताओ जानो नहीं जी की पीर
देखत नैंन पीतम के छूट तन को लागे पलकन के तीर

उन की सारी चुन्नी लाल रँगाई रंग
बिन लालन लाली कहाँ? लाली लालन संग

दूत लगाय सूँ मो सूँ पिया अब ऐसी करी, नहीं कोऊ करे
अब मेरी ओर तें कौन, सखी, जा पीतम के जियः नेह भरे?
एक तो सौत न पीयः लियो, और दूजे है आय के मो सू लरे
कैसे, अली, बातन सूँ, कहो, मेरो हिया नित नाँह जरे?

भई सोच तें बावरी, बसें पिया कित ओर
दहनी ओर पपीहरा, बाईं बोलत मोर

पीछे हमरे क्या पड़े, क्या हम तुम्हरो लेत?
मारी तुम्हरे पीत की भरी पड़ी हूँ खेत

पीतम के बिन ऐसो कोई नाँही, लेवे निकाल
मेरी सखि अब लेह की लगी कलेजे भाल

पीक लीक अधरान्त पे, सोहत इंजन नैन
रूप लखे ऐसो, सखी, जात जिया को चैन

कामन की दुत देत, सखी, तन का मन की उपजे अकुलाई
बाण सी बूँद लगें सगरी, और चातक की धुनि नाँह सुहाई
दादर मोर को सोर नहीं अब, मानो फिरे यह काग दुहाई
पी बिरमाय कहाँ बरखा रुत, कारी घटा घनघोर की छाई

मोहि बताओ, ए सखी, पी आवन को जाप
सोचत हूँ मन आपने, क्यूँ कर होवे मिलाप?

बाव चली पुरवाई, सखी, री, उमड़ गुमड़ के बादर गरजे
पीयः बिना कछु जीयः न परजे, चपला चमकत देखत लरजे!

ऐ री अली, पिया आप न आये, अब नाँह लिखी कुछ पाती
न जानूँ, कौन तिया बिरमाय के राखा, धरकत है मोरी छाती

पिया बिन जो बीते मो पर, मेरी माई, कहा कहूँ मैं जी अपने की तो कूँ
ऐ री अली, पिया आज न आये, अत आवत परेखा मो कू

दिन दिन दूबरी काहे है, प्यारी? साँची बता जी की मो को
उन की बतियाँ कही न जात हैं, सखी, कहा कहूँ मैं पी की तो को

या बदरी की बहार, सखी, कह पिया बिना अब कैसे कटेगी?
क्यों बहकावत मो कूँ, अली री, लागी पीत अब नाँह छुटेगी

बरसें बरसें घनघोर घटा, तरसें पी देखन को अब नैंन हमारे
चपला चमके, जीयरा लरजे, सखी, कैसे पड़े सुख चैन तुम्हारे?

या बदरी की बहार में, री सखी, पिया मिलन कूँ जी तरसे
नेह जिये सरसे बिन देखे पी को नैंनाँ बूँदन बरसे झर से

सावन की सबजी की बहार में परदेस की बात न कीजे
गरजत है घनघोर घटा, और बूँदन तें सब अंबर भीजे

जाओ, सखी, तुम कैसी हितू हो, जो आवत पी के देखत हूँसो!
करमों लिखी मेटत नाँही, तुम अपने जी का काहे मूँसो

काहे को ऐसी बात करो री, जा के देखत पिया रूसे?
जाओ, सखी, तुम जानत नाँही, वा ठग तो मेरा जीय: मूसे

मोरी सुध बिसार दिई, सखी जानत है का नैनन के जी को भाई?
जब आवन हो पी को, माई, तब तब यह अब्र बहार नीकी लागे छाई

आवन पीतम के सुनि गेह में, भूषन अंग तियाँ सिंगारें
पावस की रुत आई, सखी, चहूँ ओर ही तें मोर झिंगारें

बोलत दादर मोर, सखी, चहूँ ओर घटा अब छाय रही है
सावन बूँद लगें अत नीकी, पिया मिलने की बहार भई है

चहूँ ओर तें आई उमड़ कारी घटा, और भूमि भई हरी
पिया बिना कछु भावे नाँही, सखि, देखत ही नैंनाँ लागी झरी

आज की बहार में पिया, कैसे वा को छाँड़ के तुम आय हो मेरे धाम?
सब गुण पूरे, पीर न पूछत, यहाँ बुरे तिहारे काम

पिया, ऐसी बहार में तुम आवो मोरे, बूँदें पड़त थोरी थोरी
रैन दिनाँ मोहि कल न पड़त है, घड़ी घड़ी मन मों याद तोरी

बलमाँ, या समें यौं जी चाहत, सुनिये मिल गौण्ड की आहंग
दिल अपने की कूक सुना, कीजिये रस बतियाँ पिया संग

पिया के मिलन की याहू रुत आई, माई
दादर मोर पपीहा बोले, कोयल कूक मचाई

ए री सखी, बरखा रुत की बहार तब भावे मोहि, जब आन मिले पिया मोरा
नित ही नीकी बूँदन बरसत, माई, जो पीतम को आन मिलावे, गुन मानूँ तोरा

ए री माई, आज के दिन के मौसम में पिया कहाँ बिरमाये?
कारे पीरे बादरा उमड़ आये, बिजुरी चमकत अत डर पाये!

ए री माई, रिम झिम क्या नीकी बरसत हैं आज बूँदरियाँ
पिया बिन मोहि कछु न सुहावे, नैंनन सूँ लागीं बरखा की झरियाँ

सुनि तू, प्यारी मेरी, आज देखी सावन की घटा में अजब सुन्दर नारी
अतहीं छबीली रूप की चमक, चमके चैसे बादर में बिजुरी, तैसी किनारी सारी

सुनि लीजे मेरे मन की, माई, जाय समुझावो अपने दीठ लंगरवा को
इते उते दिन बिरमाय रहे हैं कौन तियाँ के? क्या भूल गयो डर वा को?
हम सूँ अवद बदी, अजहूँ न आये, बस रहे जा कौन नगरवा को?
चपला चमक डरावन लागी, यह दुख सहयो न जाय तरसत देख बदरवा को

आज क्या नीको बरसत है मेहरवा, माई, पिया देखन को जिया तरसे
मो को तो उन बिसार दिई, अब न लेत सुध, न जानूँ कौन तिया के डर से?

कोयल, मोर, पपीह, की कौलौं लगी उदास
नैंनन की बिन लाल के, बरखा रहै छिमास

मेरी सुध नहीं लेत हैं, नैंनन बरसे मेह
छुप छुप रुक रुक के, सखी, चले तिया के गेह

भूम हरी सब देख के, मोर करे हैं शोर
चहूँ ओर घर घर घटा घूम रही घनघोर

बरखा कहा डराय है, भयो बादरा नेह
नैंनन झर तें, ए सखी, लजियावत है मेह

पी कूँ देखूँ आँख भर, भावे तब ही बहार
सियरी बाब बहे, सखी, छन पड़े निहार

पी बिन मो को, ए सखी, भावत नाँह बहार
बरसत मोरा खान, जो नैंनन पड़े बयार

चमक दामनी देख के पियरो होवत रंग
रहिये ऐसे समें में हिल मिल पी के संग

सूनो मन्दिर पी बिना, बौलत हैं बन मोर
चमकत है अत दामनी, करें बादरा शोर

गरज गरज आये घुमर भरे बादरा नीर
बरसत मेरे नैंनन को, कह बँधावें धीर

चहूँ ओर कारी घटा घिर आई बिन पी
चमकत है लख दामनी, तड़फत है सख ती

गरज सुने घनघोर की चैन गयो मन माँह
दमक दमक डर जात है दामन घन ही माँह

मोह अकेली जान, सखि, घेर लेत घनघोर
चैन गयो सब रैन कूँ, तड़फत हो गई भोर

सुकच सुकच मन मों रहूँ, नैंनाँ नीर भराय
पी बिन देखूँ जब घटा, घटा घटा मन जाय

मेरी सखि, अब मान ले, उठा जिया से काम
पिया बिना काहे करे समझ चातुरी बाम?

चैन गयो सब जीय: तें, पीतम जब तें ओट
सखी, पड़ी तन बूँद जो, लगी जिया में चोट

कहा कहूँ तो से, सखी, तड़फूँ आठों जाम
ज्यों ज्यों चमके दामनी, त्यों त्यों झलके काम

झूलत पी के संग ती, कीने लाल सिंगार
रिमझिम बरसे मेखला, सिय्यरे बहे बयार

चमक डरावे बीजुरी, कौन गहे अब बाँह?
ए बदरा गरजे, सखी, बरजे कोउ नाँह

लाल भये जब ते, सखी, नैंनन सेती ओट
सावन की बूँद सों लगे जिया पर चोट

छाय रही चहूँ ओर घटा, और देखो, सखी, क्या भूम हरी है
मो को बता तूँ, मेरी हितू, पिया आवन की, कह, कौन घरी है?
पीर तिया पल चैन नदे अब, आँसुनि की अब लागी झरी है
को तरसे बहु बूँदन को, इन नैंनन में घनघोर परी है

लरजत है मेरो जिया, चमक न तेरी भाय
चमकन बस कर, दामनी, जब लों पी घर आय

लाल बिना मेरो सबे गयो जिया को चैन
जैसो बरसे मेह, सख, तैसे बरसे नैंन

पीर पिया की, ए सखी, चैन नहीं तन देत
पावत रुत क्यों कर कटे, मोर सोर जी लेत?

बूँदन बरसत मेह की, भावत नाँही जीव
सावन लगे सुहावनो, जो घर आवें पीव

छब छुप के सख पी को दिखावे, बात करे छल जाय
साँवरी सलौनी चंचल नारी लख न पल ठहराय

फिर फिर जाँदा, फेरी पाँदा, वेखो मैंड़ी जिन्दड़ी नूँ तरसादा
छुप छुप विखाँदा, मैंड़ा मन लुभाँदा, सई नेड़े नहीं आँदा

समझत हूँ जो तू कहे, तेरे न आऊँ हात
मोहन सूँ हित है, सखी, तू कह कितनी बात

क्यों हम को बहकावत बाल? लाल की माल तो तेरे गरे है
पहले बात बना के अपनी, तिया, अब काहे को मोरे पाछे परे है?

सुन री माई, हों तो एक न देखा जगत में ऐसो कोऊ सुखिया
जो देखा मैं सो अपनी गरज़ का, और ही और है वह इश्क़ में दुखिया

ऐसी रूसी लाल सूँ, गये लाल हों हूस
कहा कीजिये, ऐ सखी? पिया गये जी मूस

एक अँधेरी रात, सख, दूजे आवत लाज
पीतम सूँ अब मेरो हो कैसे मिलना आज?

बदल बदल आवत, सखी, आज बदरवा रंग
बिन पीतम के जीया को कहीं न जात उमंग

लाड़ लरा बनरा बियाह कर बनरी अपनी घर में लाया
भहू फुफी सब के मन को आवत दूला भाया

मिल बैठी सख पीयः सूँ, पाय अकेले काम
काम कियो सब आपनो, मेरो कियो नहीं काम

तो को, सख, अब ना कहूँ, तू ने पिलाये जाम
कियो पिया को आपनो, तेरो न लूँगी नाम।

बहादुरशाह ज़फ़र की कविताएँ

[1]

प्यारी तेरो प्यारो आयो प्यारी
प्यारी बातें कर प्यारे को मनाइये।
अनेक भाँतन कर प्यारे को रिझाइए
आली ऐसी प्यारो कहाँ घर बैठे पाइये॥
लाइए समुझाइए कौन भाँतन
कर सुखदे बुलाइये।
साह बहादुर तेरे रसबस भए
अनरस कर कर सौतन हँसाइये॥

[2]

नैन तेरे घुमर भए आज बिन देखे एमन भावन।
कलन परत मोहेरी एको पल कब होई यो पिया आवन॥
सुने कुहुक कोयल की कवधौं होय गर लगावन।
शाह बहादुर तुम बहुनायक कैसे करूँ दिन सावन॥

[3]

जिन गलिन में पहले देखीं लोगन की रँगरलियाँ थीं।
फिर देखा जो उन लोगन बिन सूनी पड़ी व गलियाँ थीं।
ऐसी अखियाँ मीचे पड़े हैं करवट भी नहीं ले सकते,
जिनकी चालैं अलबेली और चलने में छलबलियाँ थीं।
खाक का उनका बिस्तर है और सर के नीचे पत्थर है,
हाय! वह शकलैं प्यारी प्यारी किस किस चाव से पलिया थीं॥

[4]

सुन री सहेली मोरी पहेली,
बाबल घर में रही अलबेली,
मात पिता ने लाड़ से पाला।
समझा मुझे सब घर का उजाला,
एक बहन थी एक बहनेली॥ 1॥

यों ही बहुत दिन गुड़िया में खेली,
कभी अकेली कभी दुकेली।
जिससे कहा चल तमाशा दिखा ला,
उसने उठा कर गोद में ले ली॥ 2॥

कुछ कुछ मोहि समझ जो आई,
एक जा ठहरी मोरी सगाई।
आवन लागे बाम्हन नाई,
कोई ले रुपैया कोई ले धेली॥ 3॥

ब्याह का मोरे समाँ जब आया,
तेल चढ़ाया, मँढ़ा छवाया।
सालू सूहा सभी पिन्हाया,
मेहँदी से रँग दिए हाथ हथेली॥ 4॥

सासुरे के लोग आए जो मेरे,
ढोल दमामे बजे घनेरे।
सुभ घड़ी सुभ दिन हुए जो फेरे,
सैयाँ ने मोहि साथ में ले ली॥ 5॥

आए बराती सब रसरँग के,
लोग कुटुम के सब हँस हँस के।
जावत थे सब घर से निकले,
और के घर में जाय धकेली॥ 6॥

ले के चले पी साथ जब अपने,
रोवन लागे फिरे सब अपने।
कहा कि तू नहीं बस की अपने,
जा बच्ची, तेरा दाता है वेली ॥ 7 ॥

सखी, पिया के साथ गई मैं,
ऐसी गई फिर वहीं रही मैं।
किससे कहूँ दुख हाय! दई मैं,
सैयाँ ने मोरी बाँह गहेली ॥ 8 ॥

सास जो चाहे सोई सुनावे,
ननद भी बैठी बात बनावे।
क्या करूँ कुछ बन नहीं आवे,
जैसी पड़ी मैं वैसी हीं झेली ॥ 9 ॥

जिया बियाकुल रोवत अखियाँ,
कहाँ गई सब सँग की सखियाँ।
शौक रंग गुड़ियाँ ताक पै रखियाँ,
ना वो घर है ना वो हवेली ॥ 10 ॥

[5]

प्यारी, बोली तू चलि री, होंहूँ तो सों कहति हों माँन जिन गहै।
नीची नार कहा कर रही री सुन्दरि, ऊँचे चितै नेंक मो-तन मत जिय में दहै ॥
सबरी तियँन में तूही सुभाइ रही पिय-जिय में, क्यों हठ हिऐं रहै।
'साह बहादुर' तू अति विचित्र री, ता सों रस-ही-रस निबहै ॥

[6]

सगुन होत पिय मिलवैकों आलीरी ताके लागे अँखियन।
प्राणेश्वर कब आवे गे होड़ परी सखियन ॥
भली भई तुम आवन कीनो तन मन रोम रोम फूली छतियन।
शाह बहादुर तुम बहुनायक जागे मेरे करम भाग रतियन ॥

[7]

तुमसों जो बोलत हो लाल ज्यो तुमसों होय साँची।
वहाँ हो जाओ जहाँ हाये तिहारो काम अही सिधारो
प्रीत नीभे के बाँची॥
उनकी प्रकृति रीतिहीसे अधीन के जेई भली
तेंइ सोई नाची।
शाह बहादुर तुम नीके जानत अब तुम बोलवेकी खाँची॥

[8]

बीतत हम पर जैसे हों हमसों कहत हो रावरे।
काहे तुझे और पहचाने हम जानत जहाँ जावरे॥
रैन दिना मोहे कलन परत है तूँ तूँ लौ लावरे।
शाह बहादुर तुम बहुनायक हमसों भए लड़ बावरे॥

परिशिष्ट

मुग़ल बादशाहों का शासनकाल

[ईस्वी सन में]

1.	जहीरउद्दीन मोहम्मद बाबर		1526 से 1530 तक
2.	नूरउद्दीन मोहम्मद हुमायूँ		⊗ 1530 से 1556 तक
3.	जलालउद्दीन मोहम्मद अकबर		1556 से 1605 तक
4.	नूरउद्दीन मोहम्मद जहाँगीर		1605 से 1627 तक
5.	शहाबुद्दीन मोहम्मद शाहजहाँ		1627 से 1658 तक
6.	मुहीउद्दीन मोहम्मद औरंगजेब		1658 से 1707 तक
7.	मोहम्मद मुअज्जम बहादुर शाह		1707 से 1712 तक
8.	मोहम्मद जहाँदारशाह		1712 से 1713 तक
9.	फर्रुखसियन बादशाह		1713 से 1719 तक
	● रफीउद्दरजात	1719	सैयद बन्धुओं का प्रभुत्व
	● नेकुसियर	1719	
	● रफीउद्दौला	1719	
10.	मोहम्मदशाह बादशाह	1719 से 1748 तक	
	● मोहम्मद इब्राहीम शाहजहाँ सानी	1720	
11.	अहमदशाह बादशाह	1748 से 1754 तक	
12.	जहीरउद्दीन आलमगीर सानी	1754 से 1759 तक	
13.	आली गौहर शाहआलम सानी	1759 से 1806 तक	
14.	मोहम्मद अकबर सानी	1806 से 1837 तक	
15.	बहादुरशाह सानी	1837 से 1858 तक	

● नाममात्र के क्षणिक शासन के कारण इनकी गणना शासकों में नहीं हुई

⊗ सन् 1540 से 1555 ईस्वी तक सूरियों का राज्य रहा